廊桥遗梦

THE
BRIDGES
OF MADISON
COUNTY

[美国] 罗伯特·詹姆斯·沃勒 —— 著　　资中筠 —— 译　　⚘ 译林出版社

图书在版编目（CIP）数据

廊桥遗梦 ／（美）罗伯特·詹姆斯·沃勒
(Robert James Waller) 著；资中筠译. —南京：译
林出版社，2023.10
书名原文：The Bridges of Madison County
ISBN 978-7-5447-9843-3

Ⅰ.①廊…　Ⅱ.①罗…　②资…　Ⅲ.①中篇小说－美
国－现代　Ⅳ.①I712.45

中国国家版本馆 CIP 数据核字（2023）第 136065 号

著作权合同登记号　图字：10-2021-346 号

廊桥遗梦 [美国] 罗伯特·詹姆斯·沃勒 ／ 著　资中筠 ／ 译

责任编辑　　宗育忍
特约编辑　　李玲慧
装帧设计　　韦　枫
封面插画　　吴嘉佳
校　　对　　施雨嘉
责任印制　　闻媛媛

原文出版　　Grand Central Publishing, 1995
出版发行　　译林出版社
地　　址　　南京市湖南路 1 号 A 楼
邮　　箱　　yilin@yilin.com
网　　址　　www.yilin.com
市场热线　　025-86633278
排　　版　　南京展望文化发展有限公司
印　　刷　　南京爱德印刷有限公司
开　　本　　787 毫米 ×1092 毫米　1/32
印　　张　　5.875
插　　页　　4
版　　次　　2023 年 10 月第 1 版
印　　次　　2023 年 10 月第 1 次印刷
书　　号　　ISBN 978-7-5447-9843-3
定　　价　　49.00 元

献给远游客

目录

开　篇

从长满"蓝眼草"的花丛中，从千百条乡间道路的尘埃中，常有关不住的歌声飞出来。本故事就是其中之一。一九八九年的一个秋日下午后半时，我正坐在书桌前注视着眼前电脑屏幕上闪烁的光标，电话铃响了。

线路那一头讲话人是一个原籍艾奥瓦州名叫迈克尔·约翰逊的人。现在他住在佛罗里达，说是艾奥瓦的一个朋友送过他一本我写的书，他看了，他妹妹卡罗琳也看了，他们现在有一个故事，想必我会感兴趣。他讲话很谨慎，对故事内容守口如瓶，只说他和卡罗琳愿意到艾奥瓦来同我面谈。

他们竟然准备为此费这么大劲，倒引起了我的好奇心，尽管我一向对这类献故事的事抱怀疑态度。于是我同意下星期在得梅因见他们。在机场附近的一家假日旅馆中寒暄过后，尴尬的局面缓和下来，他们两人坐在我对面，窗外夜幕渐渐降临，正下着小雪。

他们让我做出承诺：假如我决定不写这故事，那就绝对不把一九六五年在麦迪逊县发生的事以及以后二十四年中发生的与此有关的任何情节透露出去。行，这是合理的要求。毕竟这故事是属于他们的，不是我的。

于是我就注意倾听，全神贯注地听，也问一些难以回答的问题。他们只管讲，不断地讲下去，卡罗琳几次不加掩饰地哭了。迈克尔强忍住眼泪。他们给我看了一些文件、杂志剪页和他们的母亲弗朗西丝卡的一部分日记。

客房服务员进来又出去，一遍一遍添咖啡。随着他们的叙述我开始看到一些形象，先得有形象，言语才会出来。然后我开始听到言语，开始看见这些言语形诸文字。大约到夜半刚过时分，我答应把这故事写下来——至少试试看。

下决心把这故事公之于众，对他们不是一件轻易的事。情况很微妙，事关他们的母亲，也触及他们的父亲。迈克尔和卡罗琳承认，把故事讲出来很可能引起一些粗俗的闲言碎语，并且使约翰逊夫妇在人们心目中留下的印象遭到无情的贬损。

但是他们认为，在千金之诺似已粉碎、爱情只不过是逢场作戏的方今之世，这样一个不寻常的故事还是值得讲出来的。我当时就相信这一点，现在更加坚信不疑，他们的估计是正确的。

在我研究和写作的过程中，又曾三次要求会见迈克尔和卡罗琳。每次他们都毫无怨言地到艾奥瓦来，因为他们切望这个故事能得到准确的叙述。有时我们只是谈，有时我们缓缓驱车上路，由他们指给我看那些在故事中占一席之地的场所。

除了迈克尔和卡罗琳的帮助之外，我以下要讲的故事的依据是：弗朗西丝卡·约翰逊的日记、在美国西北地区特别是华盛顿州的西雅图和贝灵汉做的调查、在艾奥瓦州麦迪逊县悄悄进行的寻访、从罗伯特·金凯德的摄影文章中收集到的情况、各杂志编辑提供的帮助、摄影胶卷和器材制造商提供的细节，以及同金凯德的故乡俄亥俄州巴恩斯维尔几位神奇的老人的长谈——他们竟还记得金凯德的童年。

尽管做了大量调查，还是有许多空白点，在这种情况下，我运用了一些想象力，不过只是在我做出合理的判断时才这样做。这判断力来自我通过调查研究对金凯德与弗朗西丝卡的深刻了解。我确信我对实际发生的事已了解得差不多了。

有一个空白点是关于金凯德横穿美国北部的旅行详情。根据随后陆续发表的一系列摄影图片、弗朗西丝卡·约翰逊日记中简短的提及以及他本人给一个杂志编辑的亲笔短笺，我们知道他确实做了这次旅行。以这些材料为线索，我沿着我认为是金凯德一九六五年八月从贝灵汉到麦迪逊县的路线做了一次旅行，在行程终了时，我觉得自己在很多方面变成了罗伯特·金凯德。

不过，想要抓住金凯德其人的本质，还是我写作和研究中最大的难题。他是一个让人捉摸不透的人物。有时好像很普通，有时又虚无缥缈，甚至像个幽灵。他的作品表现出精美绝伦的专业修养。然而他把自己看成一种在一个日益醉心于组织化的世界中正在被淘汰的稀有雄性动物。他有一次谈到他头脑中时光的"残酷的哀号"。弗朗西丝卡·约翰逊形容他生活在"一个奇异的、鬼魂出没的、远在达尔文进化论中物种起源之前的世界里"。

还有两个吸引人的问题没有答案：

第一，我们无法确定金凯德的摄影集的下落。从他的工作性质来看，一定有成千上万帧照片，却从来没有被找到。我们猜想——而这是符合他对自己和自己在这个世界上的地位的看法的——他在临终前都给销毁了。

第二个问题是关于他一九七五年到一九八二年这段时期的生活。能得到的情况极少。我们只知道他有几年在西雅图靠肖像摄影勉强维持生活，并且继续不断地拍摄皮吉特海湾。此外就一无所知。有一点有意思的是，所有的社会保险部门和退伍军人机构寄给他的信都有以他的笔迹写的"退回寄信人"，给退了回去。

准备和写作这本书的过程改变了我的世界观，使我的思维方式发生了变化，最重要的是，减少了我对人际关系可能达到的境界所抱有的愤世观。我通过调查研究结识了弗朗西丝卡·约翰逊和罗伯特·金凯德之后，发现人际关系的界限还可以比我原以为的更加拓展。也许你读这本书的过程中也会有同样的体验。

可这不是一件容易的事。在一个日益麻木不仁的世界上，我们的知觉都已生了硬痂，我们都生活在自己的茧壳之中。伟大的激情和肉麻的煽情之间的分界线究竟在哪里，我无法确定。但是我们往往倾向于对前者的可能性嗤之以鼻，给真挚的深情贴上自作多情的标签，这就使我们难以进入那种柔美的境界，而这种境界是理解弗朗西丝卡·约翰逊和罗伯特·金凯德的故事所必需的。我知道我自己必须先克服原来那种倾向，才能开始动笔。

不过，如果你在读下去的时候能如诗人柯勒律治所说，暂时收起你的不信，那么我敢肯定你会感受到与我同样的体验。在你冷漠的心房里，你也许竟然会像弗朗西丝卡·约翰逊一样，发现又有了能翩翩起舞的天地。

一九九一年夏

廊桥遗梦

罗伯特·金凯德

一九六五年八月八日早晨，罗伯特·金凯德锁上了他在华盛顿州贝灵汉一栋杂乱无章的房子里三层楼上两居室公寓的门，拎着一只装满了照相器材的背包和一个衣箱走下楼梯，穿过通向后门的过道，他那辆旧雪佛兰小卡车就停在住户专用的停车场上。

车里已经有另一只背包、一个中型冷藏箱、两个三脚架、好几条骆驼牌香烟、一个暖水瓶和一袋水果。车厢里有一只吉他琴匣。金凯德把背包放在座位上，把冷藏箱和三脚架放在地上。他爬进车厢，把吉他琴匣和衣箱挤到一角，跟旁边一个备用车胎系在一起，用一条晾衣绳把衣箱、琴匣和车胎紧紧捆牢，在旧车胎下塞进了一块黑色防雨布。

他坐进方向盘后面，点起一支骆驼牌香烟，心里默默清点一遍：两百卷各种胶卷（多数是柯达慢速彩卷）、三脚架、冷藏箱、三台相机、五个镜头、牛仔裤、卡其布短裤、衬衫、照相背心。行了，其他东西如果忘了带，他都可以在路上买。

金凯德穿着褪色的李维斯牌牛仔裤、磨损了的红翼牌野地靴、卡其布衬衫、橘色背带，在宽宽的皮带上挂着一把带刀鞘的瑞士军刀。

他看看表，八点十七分。第二次点火时卡车开始发动，倒车、换挡，在雾蒙蒙的阳光下缓缓驶出小巷。他穿过贝灵汉的街道，在华盛顿州第十一号公路上向南驶去，沿着皮吉特海岸线走上几英里，然后顺着公路稍向东转，与第二十号国道相交。

现在他朝着太阳驶去，开始了穿越喀斯喀特山脉的漫长而曲折的路程。他爱这片国土，从容不迫地走着，不时停下来做一点笔记，记下将来有可能值得再来的地点，或者拍下一些他称之为"记忆快照"的照片。这些照片的目的是提醒他有些地方他可能还想重游，做更认真的采访。傍晚时分他在斯波坎向北转上了第二号国道，这条国道可以穿过美国北部一半路程到达明尼苏达州的德卢斯。

他一生中曾千百次私心窃望有一条狗。或许是一条金色的猎狗,可以伴他做这样的旅行,并且在家里给他做伴。但是他经常外出,多数是到国外,这对狗来说太不公平。不过他总是想着这件事。再过几年,他就要老了,不能再从事这种艰苦的野外作业了。"到那时我也许要弄条狗来。"他向车窗外排排退去的绿树说道。

这种驱车旅行总是使他进入思前想后的状态,对狗的念想也是其中一部分。罗伯特·金凯德是名副其实的孑然一身——独生子,父母双亡,几个远亲早已失去联系,没有亲密的朋友。

他知道贝灵汉街角市场老板和他购买照相器材的那家商店的老板的名字。他还同几家杂志的编辑有着正式的业务关系。除此之外,没有什么他熟悉的人,人们也不熟悉他。普通人很难同吉卜赛人交朋友,他有点像吉卜赛人。

他想到玛丽安。她同他结婚五年之后离开了他,已有九年了。他现在五十二岁,那她就是刚好不到四十岁。玛丽安梦想成为音乐家,做一名民歌手。她会唱所有韦弗作的歌曲,在西雅图的咖啡馆里唱得不错。往日里,他在家的时候常驱车把她送到爵士乐演奏会上,坐在听众席上听她唱。

他长期外出——有时一去两三个月——使婚姻生活很艰难,这点他知道。当初他们决定结婚时,她是知道他的工作的,他们隐隐约约觉得可以设法处理好。结果不行。一次他从冰岛摄影回来,她不在了。纸条上写着:"罗伯特,没能成功。我把那把哈莫尼牌吉他留给你。保持联系。"

他没和她保持联系,她也没有。一年以后离婚协议书寄到,他签了字,第二天就搭上一班飞机到澳大利亚去了。她除了要自由之外,什么要求也没提。

深夜他到达蒙大拿州的卡利斯佩尔,在那里过夜。"惬意旅舍"看上去不贵,也的确不贵。他把他的装备带进一间房间,房间里有两盏台灯,其中一盏的灯泡烧坏了。他躺在床上读《非洲的青山》,喝一杯啤酒,能闻出当地造纸厂的味道。早晨起来他跑步四十分钟,做五十个俯卧撑,把相机当作小举重器完成日常锻炼的功课。

他驶过蒙大拿的山顶进入北达科他州,那光秃秃的平原对他来说和群山、大海一样引人入胜。这个地方有一种特别朴实无华的美，他几次驻足，架起三脚架，拍摄了一些农舍的黑白照片。这里的景物特别能满足他喜欢简洁线条风格的口味。印第安人的保留地使人有压抑感，其原因人人皆知而又无人理会。不过华盛顿州西北部，或其他任何他见过的地方的这类保留地，都不比这里好多少。

八月十四日早晨，离开德卢斯两小时之后，他插向东北，上了一条通向希宾那些铁矿山的后路。空气中红色尘土飞扬，那里有专为把矿砂运上苏必利尔湖图哈伯斯的货船而设计的大型机器和特制火车。他花了一下午时间巡视希宾，觉得不喜欢那个地方，尽管这里出了个鲍勃·齐默曼-迪伦。

他唯一喜欢过的迪伦的歌是《北方来的姑娘》。他会弹唱这支歌，他哼着这支歌的歌词驶离这到处挖着巨大红土坑的地方。玛丽安教他弹奏几种和弦和一些基本的琶音来为自己伴奏。有一次，在亚马孙河谷某处一家名叫麦克尔罗伊的酒吧中，他对一个醉醺醺的轮船驾驶员说："她留给我的比我留给她的要多。"这确是事实。

苏必利尔国家森林风光宜人，的确很宜人。当年的皮货行脚商之乡。他年轻时候曾希望行脚商的时代没有过去，那他就也可以成为一名行脚商。他驶过草原，看见三只麋鹿、一只红狐狸，还有许多鹿。他在一汪池水边停下来，拍摄一些奇形怪状的树枝在水中的倒影，拍完以后，坐在卡车的踏板上喝咖啡，吸一支骆驼牌香烟，聆听白桦树间的风声。

"有个伴多好，一个女人，"他望着吐出的烟吹向池面，心里这样想，"人老了就陷入这种思想状态。"但是他这样长年在外，留在家里的人太苦了，这点他已有体会。

他留在贝灵汉家中的时间里，间或同一家西雅图广告公司的颇有才气的女导演约会。他是在一次合作项目中遇到她的。她四十二岁，聪明，好相处，但是他不爱她，永远不可能爱上她。

不过有时他们两人都感到寂寞，就一起度过一晚，看场电影，喝几杯啤酒，然后不失体统地做爱。她一直住在当地，结过两次婚，上大学时曾在几家酒吧当过服务员。毫无例外地，每次他们做过爱躺在一起时，她总是对他说："你是最棒的，罗伯特，没人比得上你，连相近的也没有。"

他想男人一定喜欢听这样的话,但是他自己没有多少经验,无法知道她是不是在说真话。但是她有一次确实说了一些使他萦绕于怀的话:"罗伯特,你身体里藏着一个生命,我不够棒,不配把它引出来,我力量太小,够不着它。我有时觉得你在这里已经很久很久了,比一生更久远,你似乎曾经住在一个我们任何人连做梦也梦不到的隐秘的地方。你使我害怕,尽管你对我很温柔。如果我和你在一起时不挣扎着控制自己,我会觉得失去重心,再也恢复不过来。"

他含糊地懂得她指的是什么,但是他自己也抓不住。从他在俄亥俄一个小镇上成长起来的孩提时代起,他就有这种漫无边际的思想,一种难耐的渴望和悲剧意识与超强的体力和智力的结合。当其他的孩子唱着《摇啊摇,摇小船》时,他已在和着法国歌舞厅歌曲的曲调学那英文歌词了。

他喜欢文字和形象,"蓝色"是他最喜欢的词之一。他喜欢在说这个词时嘴唇和舌头的感觉。他记得年轻时曾想过语言可以带来肉体上的感觉,不仅是说明一个意思而已。他还喜欢另一些词,例如"距离"、"柴烟"、"公路"、"古老"、"过道"、"过客"和

"印度",喜欢它们的声音、味道和在他脑海中唤起的东西。他把他喜欢的词列出单子贴在房间里。

然后他把这些词缀成句子也贴在墙上:

离火太近。

我同一小股旅行者一起从东边来。

可能救我者和可能卖我者不停的喊喊喳喳声。

护身符,护身符,请把玄机告诉我。
掌舵手,掌舵手,请你送我回家转。

赤条条躺在蓝色鲸鱼游水处。

她祝愿他如冒气的火车驶离冬天的车站。

在我变成人之前,我是一支箭——很久以前。

还有就是一些他喜欢的地名:索马里河流、大哈奇特山、马六甲海峡以及一长串其他的地名。终于他的房间四壁都贴满了写着字、词、句和地名的纸张。

连他母亲也已注意到他有些与众不同。他三岁以前一个字也没说过，然后就整句、整句地说话了，到五岁时已经能看书，而在学校里是个不专心听讲的学生，让老师们感到泄气。

老师们看了他的智商，跟他谈成就，谈他有能力做到的事，说他想成为什么人都可以做到。有一位中学老师在他的鉴定上这样写道："他认为'智商测验不是判断人的能力的好办法，因为这些测验都没有说明魔法的作用，而魔法就其本身和作为逻辑的补充，都有自己的重要性'。我建议找他家长谈谈。"

他母亲同几位老师会过面。当老师们谈到罗伯特不开口的犟脾气同他的能力成对比时，他母亲说："罗伯特生活在他自己缔造的天地里。我知道他是我的儿子，但我有时有一种感觉，好像他不是从我和我丈夫身上来的，而是来自另外一个他经常想回去的地方。感谢你们对他的关心，我要再次努力鼓励他在学校表现好一点。"

但是他还是我行我素，读遍了当地图书馆有关探险和旅游的书籍，感到心满意足，除此之外就关在自己的小天地里，一连几天待在流过村头的小河边。对舞会、橄榄球赛这些事感到厌倦，不屑一顾。他经常钓鱼、游泳、散步，躺在高高的草丛里聆听他想象中只有他能听到的远方的声音。"那边有巫师，"他常自言自语，"如果你保持安静，侧耳倾听，他们是存在的。"这时他常常希望有一条狗共享这些时光。

没钱上大学，也没有这个愿望。他父亲工作很辛苦，对他们母子也很好。但是在活塞厂的工资余不下什么闲钱干别的，包括养一条狗。他十八岁时父亲去世了，当时大萧条正无情袭来。他报名参军以糊口和养活母亲。他在军队里待了四年，而这四年改变了他的一生。

军队里的想法常令人摸不透。他被分配去当摄影师助手，尽管他那时对往相机里上胶卷都毫无概念。但是就在这项工作中他发现了自己的业务专长。技术细节对他来说十分容易。不出一个月，他不但为两个随军摄影师做暗房洗印工作，而且也获准自己拍摄一些简单的照片。

其中一位摄影师吉姆·彼得森很喜欢他，额外花时间教给他一些深奥的摄影艺术。同时，罗伯特·金凯德从蒙茅斯堡的图书馆借出摄影和美术书籍来学习钻研。很早，他就特别喜欢法国印象派和伦勃朗对光的处理法。

后来，他开始发现他摄影是拍摄光，而不是物件。物件只是反映光的媒介。如果光线好，总可以找到可拍摄的物件。当时35毫米的相机刚刚出现，他在当地一家相机店买了一台旧徕卡，带着它到新泽西州的开普梅，把假期中的一个星期花在沿海岸线写生摄影上。

另一次他乘公共汽车到缅因州，然后一路搭车到海边，赶上清晨从斯托宁顿的欧岛开出的邮船，野营露宿，又摆渡穿过芬迪湾到新斯科舍。他二十二岁离开军队时已是一名相当不错的摄影师，在纽约找到一份工作，做一位著名时装摄影师的助手。

女模特都很漂亮，他同几个有过几次约会，影影绰绰爱上了其中一个，后来她到巴黎去了，他们就此分道扬镳。她对他说："罗伯特，我不知道你是谁，是什么人，不过请你到巴黎来看我。"他说他会去的，说的时候也真是这么想的，但终于没有去。多年之后，他到诺曼底做专题拍摄，在巴黎电话簿上找到了她的名字，打了个电话，两人在一家露天咖啡馆喝了杯咖啡。她当时已同一位电影导演结了婚，有三个孩子。

他无法对时装这种观念产生好感。好好的新衣服给扔了，或者急急忙忙按照欧洲时装独裁者们的指令重新改过，这在他看来太傻了，他觉得拍摄这些是贬低了自己。"作品如其人。"这是他离开这一工作时说的话。

他到纽约的第二年母亲去世。他回俄亥俄安葬了母亲，然后坐在一名律师面前听读遗嘱。没有多少东西，他也没抱任何指望。但是他意外得知，他的父母婚后在富兰克林街住了一辈子的那所小屋居然是付清了抵押的一小笔财产。他把那小屋卖了，用那笔钱买了一套上好的照相器材。他付款给售货员时心里想着他父亲为积攒这笔钱付出了多少年的辛勤劳动，还有他父母一生过的节衣缩食的生活。

他有些作品开始在几家小杂志上发表了，然后，接到《国家地理》杂志的电话，他们看到了他拍摄的一幅取景于开普梅的日历图片。他同他们谈了话，接受了一个不太重要的任务，完成得很出色，他从此出道。

军队在一九四三年又召他入伍。他肩上晃荡着相机，随海军陆战队艰苦跋涉直到南太平洋海滩，仰卧在地上拍摄正从两栖登陆艇出来的士兵。他在他们脸上看到了恐惧，感同身受。他看到他们被机枪射成两半，看到他们祈求上帝和母亲救救他们。他把这些都拍了下来，自己得以幸存，但是从来没有被战地摄影的所谓荣耀和浪漫吸引住。

他于一九四五年退伍，同《国家地理》杂志通了电话，他们随时都欢迎他。他在旧金山买了一辆摩托车，向南骑到大瑟尔，在海滩上同一个从卡梅尔来的低音提琴手做爱，然后向北转去探察华盛顿州。他喜欢那个地方，就把它作为基地了。

现在，到了五十二岁，他还在观察光线。童年时代贴在墙上的地方大部分都已去过了。当他访问这些地方的时候，或是坐在拉弗尔斯酒吧里，或是在一条嘎嘎作响的船里溯亚马孙河而上，或是骑在骆驼背上摇摇晃晃走过拉贾斯坦的沙漠区时，常常感到不可思议，怀疑自己是否真的到了那里。

他觉得苏必利尔湖真是名不虚传。他记下了几

廊桥遗梦

处地点以为将来参考，拍了一些照片以便随后追记当时的印象，然后沿密西西比河南下向艾奥瓦驶去。他从未到过艾奥瓦，被它东北部沿这条大河的丘陵地迷住了。他在克莱顿的小镇住下，在一家渔夫开的汽车旅馆下榻，用两个早晨拍摄那些拖轮，应一个他在当地酒吧结识的领航员之请，在一艘拖船上度过了一个下午。

他插入六十五号国道，于一九六五年八月十六日，一个星期一的清晨穿过得梅因，向西转到艾奥瓦第九十二号公路，直奔麦迪逊县和那几座廊桥。据《国家地理》杂志称，那些桥就在麦县。的确是在那里，德士古加油站的人如是说，并且指给他所有七座桥的方向，不过只是大致的方向。

他画出了拍摄路线，前几座桥比较好找，而第七座叫作罗斯曼的桥一时找不到。天气很热，他很热，哈里——他的卡车——也很热，他在砾石路上转悠，这些路好像除了通向下一条砾石路之外没有尽头。

他在国外旅行的座右铭是"问三次路"，因为他发现三次回答即便都是错的也能逐步把你引上你要去的地方。在这里也许两次就够了。

　　一个信箱渐渐映入眼帘,是在一条约一百码长的小巷口,信箱上的名字是"理查德·约翰逊,乡邮投递2号线"。他把车速放慢,转向小巷,想问问路。

　　当他缓缓驶进场院时,只见一个女人坐在前廊下,那里看起来很清凉,她正在喝着什么看起来更加清凉的东西。她离开游廊向他走来。他下了车,望着她,近些,更近些。她风姿绰约,或者曾经一度如此,或者可能再度如此。他立刻又开始有那种手足无措的感觉,他在女人面前总有这种窘态,即使那女人对他只是隐约有些微吸引力。

弗朗西丝卡

　　深秋时分是弗朗西丝卡生日的季节，冷雨扫过她在南艾奥瓦乡间的木屋。她凝视着雨，穿过雨丝望见中央河沿岸的山冈，心中想着理查德。他八年前就是在同样的冷雨秋风中去世的，那夺去他生命的病名她还是不记得为好。不过弗朗西丝卡此刻正想着他，想着他的敦厚善良，他稳重的作风，和他所给予她的平稳的生活。

　　孩子们都打过电话来了。他们今年还是不能回家来跟她过生日，虽然这已是她六十七岁生日了。她能理解，一如既往，今后也如此。他们两人都是正在事业中途艰苦奋斗，一个在管理一家医院，一个在教书。迈克尔正在他第二次婚姻中安顿下来，卡罗琳则在第一次婚姻中挣扎。他们两个从来不设法安排在她生日的时候来看她，这一点却使她私下里感到高兴。她保留着自己过这个日子的仪式。

这天早晨温特塞特的朋友们带了一个蛋糕过来坐了坐。弗朗西丝卡煮了咖啡。谈话随便地流淌过去，从孙儿辈到小县逸事，到感恩节，到圣诞节该给谁买什么。客厅里轻声笑语时起时伏，亲切的气氛给人以慰藉。这使弗朗西丝卡想起她在理查德死后还在这里住下来的一个小小的理由。

迈克尔竭力劝她去佛罗里达，卡罗琳要她去新英格兰。但是她留在了南艾奥瓦丘陵之中的这片土地上，为了一个特殊的原因保留着老地址。她很高兴自己这么做了。

弗朗西丝卡中午把朋友们送走了。他们开着别克和福特车驶出小巷，转入县柏油公路，向温特塞特方向奔驰而去，雨刷来回拭去车窗上的雨水。他们是好朋友，不过他们绝不会理解她内心深处的想法，即使她告诉他们，也不会理解。

她的丈夫在战后把她从那不勒斯带到这个地方时说她会在这儿找到好朋友的。他说："艾奥瓦人有各种弱点，但是绝不缺乏对人的关心。"这句话过去和现在都是对的。

　　他们认识时她二十五岁，大学毕业了三年，在一家私立女子中学教书，生活漫无目的。当时大多数意大利青年不是在战俘集中营中或死或伤，就是在战争中身心俱残。她曾和一位大学艺术系教授尼科洛有过一段恋情。他白天整天作画，夜间带她到那不勒斯的地下娱乐区去兜风，疯玩一阵。这件事一年后结束，决定性的因素是她传统观念较深的父母越来越不赞成。

　　她在黑头发上系着缎带，恋恋不舍自己的梦。但是没有帅气的海员上岸来找她，也没有声音从窗下街头传进来。严酷的现实迫使她认识到自己的选择有限。理查德提供了另一种合理的选择：待她好，还有充满美妙希望的美国。

　　他们坐在地中海阳光下的一家咖啡馆里，她仔细打量了一身戎装的他，他正以美国中西部人特有的恳切的目光看着她，于是她就跟他到艾奥瓦来了。来到这里，为他生儿育女，在寒冷的十月之夜看迈克尔打橄榄球，带卡罗琳到得梅因去买参加舞会的衣裳。每年同在那不勒斯的姐妹通几次信，在她父母相继去世时同过两次那不勒斯。但现在麦迪逊县已是她的家，她不想再回去了。

下午雨停了，而近黄昏时分又下了起来。在薄暮中弗朗西丝卡倒了一杯白兰地，然后打开理查德的卷盖式书桌的最后一个抽屉。这胡桃木制的家具已经传了三代了。她拿出一个牛皮纸信封，用手慢慢在上面拂拭，年年此日她都是这么做的。

邮戳上的字是："1965.9.12，华盛顿州，西雅图。"她总是先读邮戳，这是仪式的一部分。然后读手写的收信人地址："艾奥瓦，温特塞特，乡邮投递2号线，弗朗西丝卡·约翰逊。"下一步是寄信人地址，在左上角潦草的几笔："华盛顿州，贝灵汉，642号信箱。"她坐在靠窗的椅子里，看着地址，全神贯注。因为信封里面是他的手的动作，她要回味那二十二年前这双手在她身上的感觉。

在她能感觉到他的手触摸她时，就打开信封，小心翼翼地拿出二封信、一份短文手稿、两张照片、一期完整的《国家地理》和从这份杂志其他期上剪下的散页。在逐渐消失的暮霭中她啜着白兰地，从眼镜框上边看着夹在打字机手稿上的一封短笺。信写在他本人专用的信纸上，信的开头只有简单的几个印刷体字："罗伯特·金凯德，摄影家，作家。"

亲爱的弗朗西丝卡：

附上两张照片。一张是在牧场上日出时刻我给你照的，希望你跟我一样喜欢它。另外一张是罗斯曼桥，你钉在上面的小条我还没有取下。

我坐在这里，在我的脑海中搜索我们一起度过的时光的每一个细节，每时每刻。我一遍又一遍问我自己："我在艾奥瓦的麦迪逊究竟遇到了什么事？"我努力想把它想清楚。所以我才写下了附给你的这篇短文《从零度空间坠落》，以此来理清我困惑的思路。

我从镜头里望出去，镜头终端是你；我开始写一篇文章，写的又是你。我简直不清楚我是怎么从艾奥瓦回到这里来的。这辆旧卡车好歹把我驮了回来，但是我几乎完全想不起来中间经过的路程。

几星期之前，我还感觉自己很有自制力，也相当满足。也许内心深处并不快活，也许有些寂寞，但是至少是满足的。现在这一切都改变了。

现在很清楚，我向你走去，你向我走来已经很久很久了。虽然在我们相会之前谁也不知道对方的存在，但是在我们浑然不觉之中有一种无意识的注定的缘分在轻轻地吟唱，保证我们一定会走到一起。就像两只孤雁在神力的召唤下飞越一片又一片广袤的草原，多少年，几生几世，我们一直都在互相朝对方走去。

那条路真是奇怪的地方。我正开车颠来晃去时，抬头一看，就在那八月里的一天，你穿过草地向我走来。回想起来，好像这是必然的——不可能是另一样——这种情况我称为极少可能命中的高概率。

于是我现在内心里装着另外一个人到处走。不过我觉得我们分手那一天我的说法更好：从我们两个人身上创造出了第三个人。现在那个实体处处尾随着我。

不论怎样，我们必须再见面，不管是何时何地。

你无论有何需要，或者只是想见见我时，就给我打电话。我将立时三刻到来。如果任何时候你能到这里来，请告诉我，机票钱若有问题，我可以安排。我下星期到印度东南部去，不过十月底就回到这里。

我爱你。

罗伯特

一九六五年九月十日

又及：在麦县拍的那组照片效果很好，你可在明年的《国家地理》上找。如果你要我寄给你刊登这组照片的那一期，请告诉我。

弗朗西丝卡·约翰逊把白兰地杯子放在宽阔的橡木窗台上，凝视着一张自己的8英寸×10英寸的照片。有时她很难回忆起自己二十二年前长得什么样。她倚在一根篱笆桩上，穿着褪色的牛仔裤、凉鞋、白色圆领衫，头发在晨风中飘起。

她从坐的地方的那扇窗望出去，可以看到那根篱笆桩。牧场周围还是原来的旧篱笆。理查德死后她把地租出去时，曾明文规定牧场必须保持原封不动，尽管现在已是蒿草高长的空地。

照片上的她脸上刚刚开始出现第一道皱纹。他的相机没放过它们。不过她还是对照片上所见感到满意。她头发是黑的，身材丰满而有活力，套在牛仔裤里正合适。不过她现在凝视的是自己的脸。那是一个疯狂地爱上了正在照相的男子的女人的脸。

沿着记忆的长河,她也能清晰地看见他。每年她都在脑海中把所有的影像过一遍,细细地回味一切,刻骨铭心,永志不忘,就像部落民族的口述历史,代代相传直至永久。他身材瘦、高、硬,行动就像草一样自如而优雅,银灰色的头发长出耳下不少,几乎总是乱蓬蓬的,好像他刚在大风中长途航行,设法用手把它们拢整齐。

他狭长脸,高颧骨,头发从前额垂下,衬托出一对淡蓝色的眼睛,好像永远不停地在寻找下一个拍照对象。他当时对她微笑着说她在晨曦中脸色真好,真滋润,要她倚着篱笆桩,他围着她绕了一个大圆弧,先蹲着照,然后站起来照,然后又躺下用相机对着她。

她对他用了这么多胶卷有点于心不安,但是对他给予她这么多关注感到高兴。她希望没有邻居这么早开拖拉机出来。不过在那个特定的早晨她倒不大在乎邻居以及他们怎么想。

他拍照,装胶卷,换镜头,换相机,接着又拍,一边工作一边轻声跟她谈话,总是告诉她他觉得她多么好看,他多么爱她。"弗朗西丝卡,你太美了,简直不可思议。"有时他停下来凝视着她,目光穿过她,绕着她,一直看到她身体里面。

她的棉制圆领衫绷紧处两个乳头轮廓鲜明。很奇怪,她竟然对自己隔着衣服这样曲线毕露并不发窘。相反,知道他透过镜头能这样清楚地看到她的胸部,她感到高兴。她在理查德面前绝不会这样穿法,他不会赞许的。说实在的,在遇到罗伯特·金凯德之前她什么时候也不会这样穿法。

罗伯特要她背稍稍往后仰一点,然后轻声说:"好的,好的,就这么待着。"这时他照的就是她现在注视着的这张照片。光线最理想不过了,他说是"模糊的透亮"——这是他起的名称,正在围绕她转时快门稳当地按了一下。

他很轻捷,当时她望着他时想到的就是这个词。他年已五十二岁,而浑身都是瘦肌肉,行动敏捷有力,只有艰苦劳动而又自爱的人才能保持这样。他告诉她他曾是太平洋战区的战地摄影记者,弗朗西丝卡完全能想象那情景:他脖子上挂着几台晃来晃去的相机,跟海军陆战队的士兵们一起在硝烟弥漫的海滩上跑来跑去，其中一台放在眼睛下面，不断按动快门，其速度之快几乎使相机着火。

她再看那照片，仔细端详。我当时是挺好看的，她心里想，为自己的自我欣赏不禁莞尔。"在此之前和在此之后我都从来没有这么好看过，都是因为他。"她又啜一口白兰地，此刻雨随着十一月的风尾下得一阵紧似一阵。

罗伯特·金凯德可以称得上是一个特种魔术师，他活在自己的内部世界里，那些地方稀奇古怪，几乎有点吓人。在一九六五年八月那个干燥而炎热的星期一，当他走出卡车向她的车道走来的时候，弗朗西丝卡立刻就感觉到了这一点。理查德和两个孩子到伊利诺伊州博览会上展出那只获奖的小牛去了，那小牛比她得到的关注还要多，现在她有一个星期完全属于自己。

她正坐在前廊的秋千上，喝着冰茶，漫不经心地望着县公路上一辆行驶的卡车下面卷扬起来的尘土。卡车行驶很慢，好像驾驶员在寻找什么，然后就在她的小巷口停下，把车头转向她的房子。天哪，她想。他是谁？

　　她赤着脚,穿着牛仔裤和一件褪了色的蓝工作服,袖子高高卷起,衣摆放在裤子外面,一头乌黑的长发用一只玳瑁梳子别起,那梳子还是她离开故国时父亲给她的。卡车驶进了巷子,在绕屋的铁丝栅栏门前不远处停下。

　　弗朗西丝卡走下廊子,穿过草地向大门款款走去。卡车里走出罗伯特·金凯德,看上去好像是一本没有写出来的书中出现的幻象,那本书名叫《插画萨满人史》。

　　他的棕色军服式衬衫已为汗湿透,贴在背上,腋下两大圈汗渍。衬衫上面三个扣子敞开着,她可以看见他脖子上银项链下面紧绷绷的胸肌。他肩上是橘黄色的背带,是经常在野外作业的人穿的那种。

　　他微笑着说:"对不起,打搅了。我是在找此地附近一座廊桥,可是找不着,我想是暂时迷路了。"他用一条蓝色的大手帕擦擦前额,又笑了笑。

　　他两眼直望着她,她感到自己体内有什么东西在跳动。那眼睛,那声音,那脸庞,那银发,还有他身体转动自如的方式,那是古老的、令人心荡神移、摄人魂魄的方式;是在障碍冲倒之后进入睡乡之前,最后时刻在你耳边说悄悄话的方式；是把不论何种物种的阴阳分子之间的空间重新调整的方式。

必须传宗接代。这方式只是轻轻说出了这一需要，岂有他哉！力量是无穷的，而设计的图案精美绝伦。这方式坚定不移，目标明确。此事其实很简单，却让我们给弄得好像很复杂。弗朗西丝卡感觉到了这一点而不自知，她是在自己的细胞层面上感觉到的，而使她永远改变之事就从这里开始。

一辆小汽车经过这条路，后面扬起一道尘土，车主按了按喇叭。弗朗西丝卡向弗洛伊德·克拉克伸出雪佛兰车窗的那只古铜色的手挥手答礼，然后转向陌生人："你已经很近了，那桥离这里只有两英里地。"然后，在二十年的封闭生活中，长期遵循乡村文化所要求的克制、含蓄、不苟言笑的行为准则的弗朗西丝卡·约翰逊忽然说："如果你愿意的话，我可以领你去。"这连她自己都感到吃惊。

她为什么这样做，自己始终也说不准。也许是在这么多年以后，少女的心境像水泡一样浮上水面，终于爆开了。她不是个很腼腆的人，但也不大胆主动。她唯一能解释的是，只见了几秒之后，罗伯特·金凯德就有某种吸引她的地方。

显然，他对她的自告奋勇有点意外，不过很快就过去了，认真地说，他很感激。她从后台阶拿起做农活穿的牛仔靴走到他的卡车边，跟他走到副驾驶座边。

"请等一分钟，我给您腾地方，这里尽是乱七八糟的东西。"他边做边叽咕着，主要是自言自语，她可以看得出来他有点慌乱，对整个这件事有点不好意思。

他把帆布包和三脚架、暖水瓶和纸袋重新放好。卡车后面放着一个棕色的新秀丽牌的旧衣箱、一只吉他琴匣，都布满灰尘，饱经风雨，用一条晾衣绳与一个备用车胎捆在一起。

他正在咕哝着把咖啡纸杯、香蕉皮等等塞进一个杂货店的大牛皮纸袋然后扔到卡车后厢中去时，车门砰的一声碰上了，打了他屁股一下。最后他拿出一个蓝白相间的冷藏箱，也把它放到车后面。在绿色的车门上有几个褪了色的红漆字："金凯德摄影，华盛顿，贝灵汉。"

"行了，我想您现在可以挤进来了。"他拉着门，待她进去后关上，然后绕到司机那边，以一种特殊的、动物般的优美姿态钻进方向盘后面。他看了她一眼,仅仅是一瞥,微微一笑,问道:"向哪边走?"

"右边。"她用手指了一下。他转动钥匙,那走调的引擎开动了。车子沿着小巷颠簸着向大路驶去。他的两条长长的腿自动地踩着踏板,旧的李维斯牌牛仔裤盖着系皮鞋带的棕色野地靴,这双靴子已见证过不知多少英里从脚下驶过。

他俯身伸手探到前面的杂物箱中,前肘无意中擦过她的大腿前端。他半望着风挡外,半望着那杂物箱,从里面抽出一张名片来递给她:"罗伯特·金凯德,摄影家,作家。"上面还印着他的地址和电话。

他说:"我是《国家地理》派到这里来的,您熟悉这个杂志吗?"

"熟悉。"弗朗西丝卡说,心想,谁不熟悉这杂志。

"他们要发表一篇关于廊桥的文章,显然艾奥瓦的麦迪逊县有几座蛮有意思的这样的桥。我已经找到了六座,但是我猜至少还有一座,据说是在这个方向。"

"它叫罗斯曼桥。"弗朗西丝卡说,越过风声、车轮和引擎的噪声,她的声音有点奇怪,好像是属于另外一个人的，属于那个十几岁的那不勒斯姑娘，那个探头窗外，沿着城镇的街巷看往列车或巷口，想着还没有出现的远方恋人的姑娘。她一边说一边注视着他换挡时前臂弯曲的肌肉。

有两只背包在他旁边放着。一只是关好的，但另一只的盖向后翻着，她能看见露出来的相机的银色顶部和黑色背面，以及一个胶卷盒的底部，相机背面贴着"柯达彩色 II，25，36 张"的标签。在这些包包后面塞着一件有许多口袋的棕黄色背心，从一只口袋中挂下一条一端有活塞的细绳。

她的脚后面是两个三脚架，已经刮痕累累，不过她还辨认得出其中一个上面剥落的商标"捷信"。当他打开汽车杂物箱时，她瞥见里面塞满了笔记本、地图、笔、空胶卷盒、散落的零钱和一条骆驼牌香烟。

"下一个街角向右转。"她说，这给她一个借口可以看一眼罗伯特·金凯德的侧影。他皮肤黝黑滑润，由于出汗而发光。他的嘴唇很好看，不知怎么，她一开始就注意到了。他的鼻子很像她见到过的印第安人的鼻子，那是孩子还未长大时，有一次他们全家到西部度假看见的。

从传统标准说，他不算漂亮，但也不俗。这种字眼好像对他根本不适用。但是他有点，有点什么，是一种沧桑感，饱经风霜的神态，不是他的外表，而是他的眼神。

他左腕戴着一块外表很复杂的手表，棕色皮表带汗渍斑斑。右腕有一只花纹细致的银手镯。她心想这手镯需要用擦银粉好好上上光了，立刻又责备自己这种注意鸡毛蒜皮的小镇习气，多年来她一直在默默反抗这种习气。

罗伯特·金凯德从衬衣口袋里拿出一包烟，抖落出一支递给她。在五分钟内，她第二次使自己意外，竟然接受了。我在干什么？她心想。多年前她吸过烟，后来在理查德的不断严厉批评下戒掉了。他又抖落出一支来，含在自己嘴唇里，把一个金色的之宝牌打火机点着，向她伸过去，同时眼睛望着前路。

她双手在火苗边上做了一个挡风圈，在卡车颠簸中为稳住打火机碰着了他的手。点烟只需一刹那间，但这时间已足够使她感觉到他手的温暖和手背上细小的汗毛。她往后靠下，他把打火机甩向自己的烟，熟练地做成挡风圈，手从方向盘抽下来才不到一秒钟。

弗朗西丝卡·约翰逊，农夫之妻，悠闲地坐在布满灰尘的卡车座位里，吸着香烟，指着前面说："到了，就在弯过去的地方。"那座红色斑驳、饱经岁月而略有些倾斜的古老的桥横跨在一条小溪上。

罗伯特·金凯德这时绽开了笑容。他扫了她一眼说："太棒了，正好拍日出照。"他在离桥一百英尺的地方停下，带着那开口的背包爬出车子。"我要花一点时间做一点探查工作，您不介意吧？"她摇摇头，报以一笑。

弗朗西丝卡望着他走上县公路，从背包里拿出一台相机，然后把背包往左肩上一甩。他这一动作已做过上千次了，她从那流畅劲儿可以看出来。他一边走，头一边不停地来回转动，一会儿看看桥，一会儿看看桥后面的树。有一次转过来看她，脸上表情很严肃。

罗伯特·金凯德同那些专吃肉汁、土豆和鲜肉——有时一天三顿都是如此——的当地人成鲜明对比，他好像除了水果、干果和蔬菜之外什么都不吃。坚硬，她想。他肉体很坚硬。她注意到他裹在紧身牛仔裤里的臀部是那样窄小——她可以看到他左边裤袋中钱包的轮廓和右边裤袋中的大手帕。她也注意到他在地上的行动，没有一个动作是浪费的。

周围静悄悄，一只红翼鸫鸟栖息在铁丝网上望着她。路边草丛中传来牧场百灵的叫声，除此之外，在八月炽热的阳光下没有任何动静。

罗伯特·金凯德刚好在桥边停下。他站了一会儿，然后蹲下来从相机望出去。他走到路那边，同样再来一遍，然后走到桥顶下，仔细观察那椽子和天花板，从旁边一个小洞里窥望桥下的流水。

弗朗西丝卡在烟灰缸里熄灭了烟头，打开门，把穿着靴子的脚放到砾石路上。她张望了一下确定没有邻居的车向这里驶来，就向桥边走去。夏日近黄昏的午后骄阳似火，桥里面看来要凉快些，她可以看见桥那头他的侧影，直到那侧影消失在通向小溪的斜坡下。

在桥里面她能听到鸽子在檐下的窠里咕咕软语。她把手掌放在桥栏杆上享受那暖洋洋的感觉。有些栏杆上歪歪扭扭刻着字："吉姆波——丹尼森，艾奥瓦。""谢丽+杜比。""去吧，老鹰！"鸽子继续咕咕软语。

弗朗西丝卡从两道栏杆的缝隙中沿着小溪向罗伯特·金凯德走去的方向望去。他站在小溪当中的一块石头上望着桥，她看见他向她挥手，吃了一惊。他跳回岸上，自如地走上陡峭的斜坡。她目不转睛地望着水面，直到她感觉到他的靴子踏上了桥板。

"真好，这里真美。"他说，嗓音在廊桥内回旋。

弗朗西丝卡点头说："是的，是很美。我们这里对这几座旧桥习以为常了，很少去想它们。"

他走到她面前，伸出一小束野花，是野生黄菊花。"谢谢你给我做向导，"他温柔地笑着，"我要找一天黎明来拍照。"她又感到体内有点什么动静。花。没有人给她献过花，即使是特殊的日子也没有过。

"我还不知道尊姓大名。"他说。她才想起没有告诉过他，感到自己有点呆。她说了之后，他点点头说："我听出一点点口音，是意大利人吧？"

"是的，那是很久以前了。"

又回到绿色卡车上，沿着砾石路，在落日余晖中行驶。他们两次遇到别的汽车，不过都不是弗朗西丝卡认识的人。在到达农场的四分钟之中，她浮想联翩,有一种异样、释然的感觉。再多了解一些罗伯特·金凯德,这位摄影家,作家,这就是她想要的,想多知道一些。同时她把腿上的花竖起来紧紧抱在怀里,好像一个刚外出回来的女学生。

血涌上她的面颊,她自己能感觉到。她什么也没做,什么也没说,但是自己觉得好像是做了,说了。卡车收音机里放着一支钢棒吉他歌曲,声音几乎淹没在隆隆压路声和风声中,接着是五点钟新闻。

他把车转进小巷。"理查德是你的丈夫吧?"他见过那信箱。

"是的。"弗朗西丝卡说,有点喘不过气来。一旦开了口,话就源源不断出来了。"真热,你要喝杯茶吗?"

他回头看看她说:"如果没有什么不方便,我就要。"

"没什么。"她说。

她引导他把卡车停到屋后面——希望自己做得很随便。她不愿在理查德回来时有个邻居对他说:"嘿,迪克[1],你那里在请人干活吗?上星期看见一辆绿色卡车停在那里。我知道弗兰妮[2]在家,就懒得去

1　理查德的昵称。
2　弗朗西丝卡的昵称。

问了。"

沿残缺的水泥台阶而上，到游廊的后门。他为她拉开门，身上带着装相机的背包。"天太热，不好把这些装备放在卡车里。"他一边往外拿照相器材一边说。

厨房里稍微凉快点，不过还是热。小长毛狗围着金凯德的靴子嗅来嗅去，然后走出去在后廊趴下，此时弗朗西丝卡从金属盘子里把冰拿出来，并从一个半加仑的大口玻璃壶倒出阳光茶[1]来。他坐在厨房餐桌旁，两条长腿伸在前面，用两只手拢头发，她知道他在注视着她。

"要柠檬吗？"

"好。"

"糖呢？"

"不要，谢谢。"

柠檬汁沿着一只玻璃杯的边慢慢流下来，这他也看见了，罗伯特·金凯德的眼睛很少放过什么。

弗朗西丝卡把杯子放在他面前，把自己的杯子放在塑料贴面桌子的另一边，再把那束花浸在放了水的

1　一种冰镇的茶饮料。

外面印有唐老鸭图案的果酱瓶里。她靠着切菜台,用一只脚站着,俯身脱下一只靴子,然后换那只赤脚站着,以同样的程序脱另一只靴子。

他喝了一小口茶,望着她。她大约五英尺六英寸高,四十岁上下,或者出头一些,脸很漂亮,还有一副苗条、有活力的身材。不过他浪迹天涯,漂亮的女人到处都是。这样的外形固然宜人,但是真正重要的是来自生活的理解力和激情,是能感动人也能受到感动的细致的心灵。因此大多数年轻女人尽管外表很美,但他觉得她们并无吸引力。她们生活经历不够长,或者还不知生活艰辛,因此没有这种足以吸引他的气质。

可是弗朗西丝卡·约翰逊身上确实有足以吸引他的东西。她善解人意,这他看得出来,她也有激情,不过他还说不上这激情究竟导向何方,或者是否有任何方向。

后来,他告诉她他自己也莫名其妙,那天看着她脱靴子的时候是他记忆中最肉感的时刻。为什么,这不重要。这不是他对待生活的态度。"分析破坏完整性。有些事物,有魔力的事物,就是得保持完整性。

如果你把它一个部件一个部件分开来看，它就消失了。"他是这样说的。

她坐在桌旁，一只脚蜷在下面，把几缕落在脸上的头发拢回去，用那玳瑁梳子重新别好，然后又想起来，到最靠近的柜子上头拿下一个烟灰缸放在桌上他能够得着的地方。

得到这一默许之后，他拿出一包骆驼牌香烟来，向她伸过去。她拿了一支，并注意到微微有点潮湿，是他出汗浸的。同样的程序。他拿着金色的之宝牌打火机，她为稳住打火机碰到了他的手，指间触到了他的皮肤，然后坐回去。香烟味道美妙无比，她微微笑了。

"你到底是做什么的——我是说摄影做什么？"

他看着他的香烟静静地说："我是一个合同摄影师——给《国家地理》杂志摄影，是部分时间，有时我有了创意，卖给杂志，然后给他们拍照，或者他们需要什么，就找我让我为他们拍照。那是一个相当保守的刊物，没有很多发挥艺术表现力的余地。但是报酬不错，不算特别优厚，可是相当不错，而且稳定。其余时间我就自己写，自己拍，然后把作品寄给其他杂志。

生活发生困难的时候我就做合作项目，不过我觉得那种工作太束缚人。

"有时我写诗，那纯粹是给自己写的。时不时地也写写小说，不过我好像没有写小说的气质。我住在西雅图北部，相当多的时间在那一带工作。我喜欢拍渔船、印第安人聚居区和风景。

"《国家地理》常常把我派到一个地方去一两个月，特别是制作一项大的作品，例如亚马孙河的一部分，或是北非沙漠。平常在这种情况下我都乘飞机去，在当地租一辆车。但是我有时想要开车经过一些地方作些查看，以为将来的参考。我是沿苏必利尔湖开车来的，准备穿过布莱克丘陵回去。你怎么样？"

弗朗西丝卡没有料想他问问题。她支吾了一会儿说："咳，我跟你做的可不一样。我得的学位是比较文学。我一九四六年到这里时温特塞特正找不到教师。我嫁给了个当地人而且还是个退伍军人，这使我能被接受。于是我得了一张教师执照，在中学教了几年英文。但是理查德不喜欢让我出去工作。他说他能养活我们，不需要我去工作，特别是当时两个孩子正在成长。于是我就辞了工作，从此成为专职农家妇。就这样。"

她注意到他的冰茶差不多喝完了，又给他从大口杯里倒了一点。

"谢谢。你觉得艾奥瓦怎么样？"

这一瞬间这句问话是真诚的，她心里明白。标准的答话应该是："很好，很宁静。这里的人的确善良。"

她没有立即回答。"我能再要一支烟吗？"又是那包骆驼牌，又是那个打火机，又是轻轻碰了一下手。阳光在后廊地板上移过，照在那狗身上，它爬起来，走出视线之外。弗朗西丝卡第一次看着罗伯特·金凯德的眼睛。

"我应该说：'很好，很宁静。这里的人的确善良。'这些大部分都是真的。这里是很宁静。当地人在某种意义上是很善良。我们都互相帮助，如果有人病了，受伤了，邻居就会过来帮着收玉米，收割燕麦，或者是做任何需要做的事。在镇上，你可以不锁车，随便让孩子到处跑，也不必担心。这里人有很多优点，我敬重他们的品质。

"但是，"她犹豫了，吸着烟，隔着桌子望着罗伯特·金凯德，"这不是我少女时梦想的地方。"终于坦白了。这句话已存了多年,但是从来没有说出来过。现在,她对一个从华盛顿贝灵汉来的,有一辆绿色卡车的男人说出来了。

他一时间没说什么。然后说:"我那天在笔记本里记下一些话以备将来用,是开车时临时想到的,我常常这样。话是这样说的:'旧梦是好梦,没有实现,但是我很高兴我有过这些梦。'我说不上来这是什么意思,但是我准备以后用到什么地方。所以我想我能理解你的感觉。"

弗朗西丝卡向他笑了,她第一次笑得热情而深沉。接着赌徒的冲动占了上风。"你愿意留下来吃晚饭吗?我的家人都到外地去了,所以家里没什么东西,不过我总可以弄出一点来。"

"我确实对杂货铺、饭馆已经厌倦了。如果不太麻烦的话,我愿意。"

"你喜欢猪排吗?我可以从园子里拔点蔬菜来配着做。"

"蔬菜就好。我不吃肉,已多年了。不是什么大不了的事。就是觉得那样更舒服。"

弗朗西丝卡又笑了。"此地这个观点可不受欢迎。

理查德和他的朋友们会说你破坏他们的生计。我也不大吃肉，不知为什么，就是不喜欢。但是每当我在家试着做一顿无肉饭菜时，就会引起反抗的吼声。所以我已放弃尝试了。现在想办法换换口味是挺好玩的。"

"好的。不过别为我太麻烦。听着，我的冷藏箱里有一包胶卷，我得去倒掉化了的冰水，整理一下。这要占点时间。"他站起来喝完了剩茶。

她看着他走出厨房门，穿过游廊走进场院。他不像别人那样让纱门砰一声弹回来，而是轻轻关上。他走出去之前蹲下来拍拍那小狗，小狗舔了几下他的胳膊，表示对这一关注领情。

弗朗西丝卡上楼匆匆洗了一个澡，一边擦身一边从短窗帘的上面向场院窥视。他的衣箱打开着，他正在用那老旧的手压水泵洗身。她原该告诉他如果需要可以用房子里的莲蓬头洗澡。她原是想说的，又觉得这样似乎超过了熟悉的程度，然后自己心情恍惚，把这事忘了。

可是罗伯特·金凯德在比这恶劣得多的条件下都洗漱过。在虎乡用几桶腥臭的水洗。在沙漠中用自己的罐头筒盛水洗。他在她的场院脱到腰部，用旧衬衣当毛巾使。"一条毛巾，"她自责地说，"至少一条毛巾，我这点总可以为他做的。"

他的刮胡刀躺在水泵边的水泥地上让阳光照得发亮。她看着他在脸上涂上肥皂然后刮胡子。他很——又是这个词——坚硬。他个子并不大，大约六英尺多一点，略偏瘦。但是对他的个头来说，他肩膀的肌肉很宽，他的肚子平坦得像刀片。他不管年龄多大，看起来都不像，他也不像那些早晨饼干就肉汁吃得太多的当地人。

上次去得梅因采购时她买了新的香水——风歌牌，现在节省地用了一些。穿什么呢？穿太正式了不大合适，因为他还穿着工作服。长袖白衬衫，袖子刚好卷到胳膊肘，一条干净的牛仔裤，一双凉鞋。戴上那对金圈耳环（理查德说她戴了像个轻佻女子）和金手镯。头发梳到后面用发卡夹住，拖在背后。这样比较对头。

她走进厨房时，他已坐在那里，旁边放着背包和冷藏箱，穿了一件干净的卡其布衬衫，橘色背带从上面挂下来，桌上放着三台相机和五个镜头，还有一包

新的骆驼牌香烟。相机上都标着"尼康",黑镜头也是
如此。有短焦、中焦,还有一个长焦的镜头。这些设
备已经有刮痕,有的地方还有缺口。但是他摆弄时仍
很仔细,同时又比较随便,又擦又刷又吹。

他抬头看她,脸上又严肃起来,怯生生的。"我冷
藏箱里有啤酒,要一瓶吗?"

"那好,谢谢!"

他拿出两瓶百威啤酒。他打开箱盖时她可以看
见透明塑料盒子里装着一排排胶卷,像木材一样齐齐
码着。他拿出两瓶之后,里面还有四瓶啤酒。

弗朗西丝卡拉开一个抽屉找开瓶的起子。但是
他说:"我有。"他把那把瑞士军刀从刀鞘中抽出来。
弹出开瓶器,用得很熟练。

他递给她一瓶,举起自己那瓶做祝酒状说:"为午
后的廊桥,或者更恰当地说,为在暖洋洋的红色晨光
里的廊桥。"他咧开嘴笑了。

弗朗西丝卡没说话,只是浅浅地一笑,略微举一
下那瓶酒,犹犹豫豫地,有点不知所措。一个奇怪的
陌生人、鲜花、香水、啤酒,还有在炎炎盛夏一个星期
一的祝酒,这一切她已经几乎应付不了了。

"很久以前有一个人在一个八月的下午感到口渴。不知是谁，研究了这口渴，弄了点什么拼凑在一起，就发明了啤酒。这就是啤酒的来源，它解决了一个问题。"他正在弄一台相机，用一个珠宝商用的小改锥拧紧顶盖的一个螺丝，这句话几乎是对着相机说的。

"我到园子里去一下，马上回来。"

他抬起头来："需要帮忙吗？"

她摇摇头，从他身边走过，感觉到他的目光在她的胯上，不知他是不是一直看着她穿过游廊，心里猜想是的。

她猜对了。他是一直在注视着她。摇摇头，又接着看。他注视着她的身体，想着自己知道她是多么善解人意，心里琢磨着从她身上感到的其他东西是什么。他被她吸引住了，正为克制自己而斗争。

园子现在正在阴暗中。弗朗西丝卡拿着一个白色的搪瓷平锅在园子里走来走去。她挖了胡萝卜和欧芹，一些欧防风和洋葱，还有芜菁。

她回到厨房时，罗伯特·金凯德正在重新打背包，她注意到打得十分整齐、准确。显然一切都有自己的位置,而且一向都是各就其位的。他已喝完他那瓶啤酒,又开了两瓶,尽管她那瓶还没喝完。她一仰脖喝完第一瓶,把空瓶递给他。

"我能做些什么?"

"你可以从廊子里把西瓜抱进来,还有从外面筐子里拿几个土豆进来。"

他行动特别轻盈,她简直惊讶他怎么这么快,他胳膊底下夹着西瓜,手里拿着四个土豆从廊下回来。"够了吗?"

她点点头,想着他行动多像游魂。他把那些东西放在洗涤池旁边的台上——她正在洗涤池里洗园子里摘来的菜——然后回到椅子那里点一支骆驼牌香烟坐下来。

"你要在这里待多久?"她一边低头理着手上的蔬菜一边问。

"我也说不准。现在是我可以从容不迫的时候,照那些廊桥的期限还有三星期呢。我猜想只要照得好,需要多久就多久,大概要一星期。"

"你住在哪里?在镇上吗?"

"是的,住在一个小地方,有很小的房间。叫什么汽车大院。今天早晨我才登记的，还没把家伙卸下呢。"

"这是唯一可住的地方，除了卡尔森太太家，她接受房客。不过这里的饭馆一定会让你失望，特别是对你这种吃饭习惯的人。"

"我知道。这是老问题了。不过我已学会凑合了。这个季节还不算太坏，我可以在小店里和路边小摊上买到新鲜货，面包加一些别的东西差不多就行了。不过这样被请出来吃饭太好了，我很感激。"

她伸手到台面上打开一台小收音机，那收音机只有两个频道，音箱上盖着一块棕色布。一个声音唱着："我袋里装着时间。天气总站在我一边……"歌声下面是阵阵吉他伴奏。她把音量调得很小。

"我很会切菜的。"他自告奋勇。

"好吧。切菜板在那儿，就在那底下的抽屉里有一把刀。我要炖烩菜，所以你最好切成丁。"

他离她二英尺远，低头切那些胡萝卜、芜菁、欧防风和洋葱。弗朗西丝卡把土豆削到盆里，意识到自己离一个陌生男人这么近。她从来没有想到过与削土豆皮相联系的会有这种小小的歪念头。

"你弹吉他吗？我看见你卡车里有一只琴匣。"

"弹一点儿。只是做个伴儿，也不过如此而已。我妻子是早期的民歌手，那是远在民歌流行起来之前，她开始教我弹的。"

弗朗西丝卡听到"妻子"一词时身子稍稍绷紧了一下，为什么？她自己也不知道。他当然有权结婚，但是不知怎么这似乎跟他不相称。她不愿意他结过婚。

"她受不了我这样长期外出拍照，一走就是几个月。我不怪她。她九年前就撤退了。一年之后跟我离了婚。我们没有过孩子，所以事情不复杂。她带走了一把吉他，把这把次一点儿的留给了我。"

"你还和她通音讯吗？"

"不，从来没有。"

他说了这么多。弗朗西丝卡没有进一步问下去。但是她感觉良好了一些，挺自私的。她再次奇怪自己为什么要在乎他结没结过婚。

"我到过两次意大利，"他说，"你故乡在哪里？"

"那不勒斯。"

"从来没去过。我有一次到过北方，拍一些波河的照片。后来再去是去西西里拍照。"

弗朗西丝卡削着土豆,想了一会儿意大利,一直意识到罗伯特·金凯德在她身边。

西天升起了云彩,把太阳分成射向四方的几道霞光。他从洗涤池上的窗户望出去说:"这是神光。日历公司特别喜爱这种光,宗教杂志也喜欢。"

"你的工作看来很有意思。"弗朗西丝卡说,她感到需要让这种中性的谈话继续下去。

"是的,我很喜欢。我喜欢大路,我喜欢制作照片。"

她注意到了他说"制作"照片。"你制作照片,而不是拍摄照片?"

"是的,至少我是这样想。这就是星期日业余摄影者和以此为生的人的区别。等我把今天我们看到的桥的那些照片弄好,结果不会完全像你想象中的那样。我通过选镜头,或是选角度或是一般组合,或者以上几样都结合起来,制成我自己的作品。

"我照相不是按原样拍摄,我总是设法把它们变成某种反映我个人的意识、我的精神的东西。我设法从形象中找到诗。杂志有它自己对风格的要求,我并不总是同意编辑的口味，事实上我不同意时居多。这是他们的烦恼之处，不过是他们决定取舍。我猜他们了解自己的读者，但是我希望他们有时可以冒一点风险。我对他们这么说了，这使他们不高兴。

"这就是通过一种艺术形式谋生所产生的问题。人总是跟市场打交道，而市场——大众市场——是按平均口味设计的。数字摆在那里，我想现实就是如此。但是正如我所说的，这可能变得非常束缚人。他们允许我保留那些没有被录用的照片，所以我至少可以有我自己喜欢的私人收藏。

"间或有另外一家杂志愿意采用一两张，或者我可以写一篇关于我到过的地方的文章，插图的照片可以比《国家地理》的口味更野一些。

"以后我准备写一篇题为《业余爱好的优点》的文章，专门写给那些想以艺术谋生的人看。市场比任何东西都更能扼杀艺术的激情。对很多人来说，那是一个以安全为重的世界。他们要安全，杂志和制造商给他们以安全，给他们以同一性，给他们以熟悉、舒适的东西，不要向他们提出异议。

"利润、订数以及其他这类玩意儿统治着艺术。

我们都被鞭子赶着进入那个千篇一律的大轮盘。

"营销商总是把一种叫作'消费者'的东西挂在嘴上。这东西在我心目中的形象就是一个矮胖子，穿着皱巴巴的百慕大短裤，一件夏威夷衬衫，戴一顶挂着开酒瓶和罐头的起子的草帽，手里攥着大把钞票。"

弗朗西丝卡轻轻地笑了，心里思忖着安全和舒适。

"不过我成就并不多。像我刚才说的，旅行本身就很好，我喜欢摆弄相机，喜欢在户外。现实并不像这支歌开头那样，但是这是一支不坏的歌。"弗朗西丝卡猜想，对罗伯特·金凯德来说这是很平常的谈话，而对她，这却是文学素材。麦县的人从来不这么谈话，不谈这些事。这里的话题是天气、农产品价格、谁家生孩子、谁家办丧事，还有政府计划和体育队。不谈艺术，不谈梦。也不谈那使音乐沉默、把梦关进盒子的现实。

他切完菜说："我还能做什么吗？"

她摇摇头。"没什么，差不多就绪了。"

他又坐到桌边，抽着烟，不时呷一两口啤酒。她在煮菜，抽空啜口啤酒。她能感觉到那酒精的作用，尽管量是这么少。她只在除夕和理查德在"军人大厦"喝点酒。除此之外平时很少喝,家里也几乎不放酒,除了有一瓶白兰地,那是她有一次忽然心血来潮,隐隐地希望在乡村生活中有点浪漫情调而买的。那瓶盖至今没有打开过。

素油,一杯半蔬菜,煮到浅棕色,加面粉拌匀,再加一品脱水,然后把剩下的蔬菜和作料加进去,文火炖四十分钟。

菜正炖着时,弗朗西丝卡再次坐到他对面。厨房里渐渐洋溢着淡淡的亲切感。这多少是从做饭而来的。为一个陌生人做晚饭,让他切萝卜,同时也切掉了距离,人在你的旁边,缓减了一部分陌生感。既然失去了陌生感,就为亲切感腾出了地方。

他把香烟推向她。打火机在烟盒上面。她抖落出一支来,摸索着用打火机,觉得自己笨手笨脚的,就是点不着。他笑了笑,小心地从她手里把打火机拿过来,打了两下才点着。他拿着打火机,她就着火点了香烟。她一般在男人面前总觉得自己比他们风度优雅一点,但是在罗伯特·金凯德面前却不是这样。

太阳由白变红,正好落在玉米地上。她从窗户望出去看见一只鹰正乘着黄昏的风扶摇而上。收音机里播放着七点钟新闻和市场简讯。此刻弗朗西丝卡隔着黄色塑料贴面的桌子望着罗伯特·金凯德,他走了很长的路到她的厨房来,漫漫长路,何止以道里计!

"已经闻到香味了,"他指指炉子,"闻起来……好清静。"他看着她。

"清静?有什么东西闻起来很清静吗?"她想着这句话,自问道。他说得对。在惯常给全家做猪排、牛排、烧烤之余,今天的这顿饭确实做得很清静。整个食物制作过程中没有暴力,除了把菜从地里拔起来也许可以算。炖烩菜是静静地进行的,散发的味道也是静静的,厨房里静悄悄。

"要是你不介意的话,请你给我讲讲你在意大利的生活。"他靠在椅子里,伸长了腿,右腿和左腿在脚踝处交叉。

跟他在一起相对无言使她感到不自在,于是她就讲起来,给他讲她成长的岁月,私立学校、修女、她的双亲——一个是家庭妇女,一个是银行经理;讲她十几岁时经常站在海堤边看世界各国的船舶;讲以后到来的那些美国兵；讲她如何和女伴们在一家咖啡馆里喝咖啡时遇到了理查德。战争搅乱了生活，他们起先也不知道他们是否终于会结婚。她只字未提尼科洛。

他听着，不说话，有时点点头表示理解。最后她停下来，他说："你有孩子，你是这么说的吗？"

"是的。迈克尔十七岁，卡罗琳十六岁。他们都在温特塞特上学。他们是4-H[1]协会成员，所以他们去参加伊利诺伊州博览会了，去展出卡罗琳养的小牛。

"这是我永远没法适应的事，没法理解他们怎么能对这牲口倾注这么多爱和关怀之后，又眼看着它出售给人家去屠宰。不过我什么也没敢说，要不然理查德和他的朋友全要对我大光其火了。可是这里面总有一种冷酷无情的矛盾。"

她提了理查德的名字，心里有点内疚，她什么也没做，什么也没有。可是她还是感到内疚，是从一种遥远的可能性而来的内疚。她也不知道如果她陷入了她无法处理的局面，今晚结束时该怎么办。也许罗

---

[1] 代表head, heart, hands 和health 四个h打头的单词。

伯特·金凯德就此走了，他看起来挺安静，挺和善，甚至有点腼腆。

他们谈着谈着，暮霭转成蓝色，薄雾擦过牧场的草。在弗朗西丝卡的烩菜静静炖着的时候，他又给他俩打开两瓶啤酒。她站起来在开水里放进几个饺子，搅了搅，靠在洗涤池上，对这位从华盛顿贝灵汉来的罗伯特·金凯德产生了一脉温情，希望他不要太早离去。

他静静地、有教养地吃了两份烩菜，两次告诉她有多好吃。西瓜甜美无比。啤酒很凉。夜空湛蓝，弗朗西丝卡·约翰逊四十五岁，汉克·斯诺在艾奥瓦州谢南多厄的KMA电台唱着一支火车歌曲。

古老的夜晚，远方的音乐

现在怎么办呢？弗朗西丝卡想。晚饭已毕，相对而坐。

这个问题他给解决了。"到草场去走走怎么样？外面凉快一点了。"她同意之后，他从一只背包里拿出一台相机，把背带套在肩上。

金凯德推开后廊的门，给她撑着，然后跟在她后面走出去，轻轻关上门，他们沿着裂缝的边道穿过砾石铺的场院走到机器棚东边的草地上。那机器棚散发着热油脂的味道。

当他们走到篱笆前时，她一只手把有倒钩的铁丝网拽下来跨了过去，感觉到她细条凉鞋带周围的脚上沾了露水。他也照此办理，穿靴子的脚轻松地迈过铁丝网。

"你管这叫草场还是叫牧场?"他问。

"我想叫牧场。有牲口在,草就长不高。当心脚底下牛粪。"一轮将圆未圆的明月从东方升起,太阳刚落下地平线,天色转成蔚蓝。月光下公路上一辆小汽车呼啸着疾驰而过,消音器很响。那是克拉克家孩子的车,他是温特塞特橄榄球队的四分卫,曾跟朱迪·莱弗伦森约会。

她已经很久没有这样散步了。平时,总是五点钟开饭,晚饭过后就是电视新闻,然后是晚间节目,理查德看,有时孩子们做完功课也看。弗朗西丝卡通常坐在厨房看书——从温特塞特图书馆和她参加的图书俱乐部借来的书,历史、诗歌和小说,或者是在天气好的时候坐在前廊上。她烦电视。

有时理查德叫她:"弗兰妮,你一定得瞧瞧这个!"她就进去和他一起看一小会儿。猫王出现时常引起他发出这样的召唤,还有披头士乐队在"埃德·苏利文大观"首场演出时,理查德看着他们的头发,不断摇头,大不以为然。

有短暂的时间几抹红光划破天空。罗伯特·金凯德指着上面说:"我把这叫作'反射'。多数人把相机收起得太早。太阳落山后总是有一段时间天空出现真正美妙的光和色,只有几分钟,那是在太阳刚隐入地平线而把光线反射到天空的时候。"

弗朗西丝卡没说话,心里琢磨这是怎样一个人,草场和牧场的区别似乎对他那么重要,天空的颜色会引得他兴奋不已,他写点儿诗,可是不大写小说。他弹吉他,以影像为生,把工具放在包里。他就像一阵风,行动像风,也许本身就是从风中来的。

他仰望着大空,双手插在裤袋里,相机挂在左胯上。"月亮的银苹果/太阳的金苹果。"他用他的男中音中区声部像一个职业演员那样朗诵这两句诗。

她望着他说:"W.B.叶芝,《流浪者安古斯之歌》。"

"对,叶芝的作品真好。写实,精练,感官的享受,美,富有魔力。合乎我爱尔兰传统的口味。"

他都说了,用五个词全部概括了。弗朗西丝卡曾想方设法向温特塞特的学生解释叶芝,但是没能让大多数人理解。她之所以选了叶芝,部分原因正是刚才金凯德说的,她想所有这些特质是会对那些十几岁的孩子有吸引力的,他们身上的腺体正跳得咚咚响,就像橄榄球赛半场休息时绕场而行的中学生乐队一样。

然而他们受对诗歌的偏见的影响太深了，把诗看作是英雄气短的产物，这种观点太强烈了，连叶芝也克服不了。

她记得当她在班上读到"太阳的金苹果"一句时，马修·克拉克看着他旁边的男孩子，把双手拱起来做出女人乳房的样子。他们偷偷笑着，同他们一起坐在后排的女生都涨红了脸。

他们一辈子都会以这种态度生活下去，她知道这一点。这正是她灰心丧气之处。她感到受伤害，感到孤独，尽管表面上这个社会是很友好的。诗人在这里是不受欢迎的。麦迪逊县的人为弥补自己加给自己的文化自卑感，常说："此地是孩子成长的好地方。"每当此时她总想回一句："可这是大人成长的好地方吗？"

他们没有什么计划，信步向牧场深处走了几百码，拐了一个弯又向屋子走去。跨过铁丝网时夜幕已经降临，这回是他为她拉下铁丝网。

她想起白兰地来了："我还有点白兰地，或者你宁愿要咖啡？"

"存在两样都要的可能吗？"他的言语从黑暗中传

来。她知道他在微笑。

当他们走进草地和砾石地上场院的灯照出的光圈时，她回答说："那当然。"听着自己的声音有点感到不安。这是那不勒斯咖啡馆里那种有点放荡的笑声。

很难找到两个一点没有缺口的杯子。虽然她知道他生活中用惯了带缺口的杯子，但是这回她要完美无缺的。两只盛白兰地的玻璃杯倒扣着放在碗柜深处，像那瓶白兰地一样从来没有用过。她得踮起脚跟才够得着，自己意识到凉鞋是湿的，蓝色牛仔裤紧绷在臀部。

他坐在原来坐过的那张椅子上注视着她。那古老的生活方式，那古老的生活方式又回到他身上来了。他寻思她的头发在他抚摸之下会有什么感觉，她的后背曲线是否同他的手合拍，她在他身子下面会有什么感觉。

古老的生活方式在挣扎，想要挣脱一切教养、几世纪的文化锤炼出来的礼仪、文明人的严格的规矩。他试图想点别的事：摄影、道路或者廊桥，想什么都行，就是别想现在她是什么样。

但是他失败了，他还是在想触摸她的皮肤会是什么感觉，两人的肚皮贴在一起会是什么感觉。这是永恒的问题，永远是同样的问题。该死的古老生活方式正挣扎着冒到表面上来。他把它们打回去，按下去，吸一支骆驼烟，深深地呼吸。

她一直感觉到他的目光盯在她身上，虽然他目光一直是含蓄的，从不是公然大胆的。她知道他知道白兰地从来没有倒进过这两只杯子。她也知道，凭他的爱尔兰人对悲剧的敏感性，他已感觉出一些这种空虚。不是怜悯，这不是他的事。也许是悲哀。她几乎可以听到他在脑海中形成以下的诗句：

瓶未启封，

杯中空空，

她探身找出来，

在艾奥瓦，

中央河的北方。

我两眼望着她，

这双眼曾见过，

在我身后

希瓦罗人的亚马孙河

还有商队扬尘的

丝绸之路，

通向杳无一物的

亚洲的苍穹。

当弗朗西丝卡剥掉那瓶白兰地瓶盖的艾奥瓦封皮时，她看见自己的指甲，希望它长一些，保养得好一点。干农活不能养长指甲，到目前为止，她从来没有在乎过。

白兰地。两个玻璃杯放在桌上。她准备咖啡时，他打开瓶子在两个杯子里斟上酒，倒得恰到好处。罗伯特·金凯德对晚饭后的白兰地是有经验的。

她心想他不知道在多少人家的厨房，在多少好饭馆里，多少灯光暗淡的客厅里实践过这一小手艺。他不知见过多少纤纤玉手捏着白兰地杯子的高脚，长长的指甲伸向他。有多少双蓝色圆眼睛、棕色长眼睛通过异国的夜空凝视过他——当抛了锚的帆船在岸边摇荡，当海水拍打着古老港口的堤岸？

厨房的顶灯太亮了，不适宜喝咖啡和白兰地。弗朗西丝卡·约翰逊,理查德·约翰逊之妻,要让它开着;弗朗西丝卡·约翰逊,一个走过晚饭后的草地重温少女时代旧梦的女人,要把它关掉。有一支蜡烛就足够了。不过这样太过分了,他会误解的。她打开洗涤池上面的小灯,把顶灯关了,这样不是十全十美,但是比较好些。

他举杯及肩向她伸去。"为了古老的夜晚和远方的音乐。"不知怎的,这些话让她倒吸一口气,不过她跟他碰了碰杯,虽然想说"为了古老的夜晚和远方的音乐",却只是微微笑了一下。

他们两人都吸着烟,沉默不语,喝着白兰地,喝着咖啡。野外有一只山鸡鸣叫,杰克——那小狗——在场院里吠了两声。蚊子试着冲向桌子附近的纱窗,有一只不长于思考,却相信自己的本能的飞蛾被洗涤池上的小灯引得团团转。

还是挺热的,没有风,现在有点潮湿。罗伯特·金凯德微微出着汗,衬衫的头两个扣子解开着。他并没有直面看着她,不过她感觉得到他即使好像在注视着窗外,他视野的边缘也会扫到她。他转身时她可以从敞开的衬衫领口看到他的胸部,看见皮肤上小小的汗珠。

弗朗西丝卡正享受着美好的情怀，旧时情怀，诗和音乐的情怀。不过是他该走的时候了，她想。冰箱上的钟已指到九点五十二分。收音机里是法龙·扬在唱着一支几年前的老歌《圣则济利亚的神殿》，弗朗西丝卡记得那是公元三世纪的古罗马殉道者，是庇护音乐和盲人的圣者。

他的酒杯空了。正当他视线从窗外回过来时，弗朗西丝卡拿起白兰地瓶颈，向那空杯子做了个手势。他摇摇头。"要拍摄曙光中的罗斯曼桥。我得走了。"

她松了口气，又陷入失望。她心里来回翻腾：是的，请你走吧；再喝杯白兰地，留下来；走吧。法龙·扬并不关心她的感觉，洗涤池上的扑灯蛾也不关心，她不知道罗伯特·金凯德怎么想。

他站着，把一只背包甩到左肩，另一只放在冷藏箱上。她绕到桌子这边来。他伸出手来，她握着。"谢谢今晚。晚饭、散步，都好极了。你是一个好人，弗朗西丝卡。把白兰地放在碗柜靠外边的地方，也许过些时候会好起来的。"

他都明白了，正如她想到的。不过他的话一点也没冒犯她。他是指的浪漫情调。而且从最好意义上讲是认真的,从他柔和的语言和说这些话的神态中看得出来。不过她有一点不知道,那就是他当时真想对着厨房的四壁大喊,把以下的话刻进白粉墙中:"看在耶稣的分上,理查德·约翰逊,你真是像我认定的那样,是一个大傻瓜吗?"

她送他出去,站在他的卡车旁等他把东西装进去。小狗穿过场院跑过来围着卡车嗅来嗅去。"杰克,过来。"她轻声而又严厉地命令它,于是那狗过来坐在她旁边,大口喘着气。

"再见,多保重!"他站在卡车门口正面看了她一会儿。然后一下子坐到了方向盘后面,随手把门关上。他转动那老旧的引擎,使劲踩着油门,车子嘎嘎喇喇地开动了,他从窗口伸出头来笑着说:"我想这车需要调音了。"

他换挡,倒车,又换挡,然后在亮光中穿过场院。刚好在进入黑暗的小巷之前左手伸出窗口向她招手,她也挥手相报,虽然明知他看不见。

当卡车沿小巷开出时,她跑过去站在暗中注视着那红灯随着车的颠簸上下跳动。罗伯特·金凯德向左转上了通往温特塞特的大路，炎热的闪电划破夏空，杰克一跳一蹦回到廊下。

他走后，弗朗西丝卡赤身裸体站在镜台前。她骨盆因生过孩子稍微张大了一点，乳房还很结实好看，不太大不太小，肚子稍微有点圆。在镜子里看不见双腿，但是她知道还是保持得很好的。她应该更经常地剃剃汗毛，不过好像也没什么意思。

理查德对性生活的兴趣不太常有，大约两个月一次，不过很快就结束，是最简单的，不动感情的。似乎也不注意什么洒香水、剃汗毛之类的事，所以人很容易邋遢起来。

她对于他更像一个生意合伙人而不是其他。她本人的一部分觉得这样挺好。但是她身上还有另外一个人在躁动，这个人想要淋浴，洒香水……然后让人抱起来带走，让一种强大的力量层层剥光，这力量她能感觉到，但从未说出过，哪怕是朦朦胧胧在脑子里也没有说过。

她重新穿好衣服，坐在厨房餐桌边，在半张白纸上写字。杰克跟着她到外面那辆福特小卡车旁，她一开车门它就跳了进去，坐到了副驾驶座上。当她把车倒出车棚时,它把头伸到窗外,回头看看她,又伸到窗外。她把车开出小巷,向右转到县公路上。

罗斯曼桥一片漆黑。不过杰克先跳下去在前面探路,她从卡车里拿出一个手电,把纸条用大头针钉在桥左边入口处,然后回家。

星期二的桥

　　黎明前一小时罗伯特·金凯德驶过理查德·约翰逊的信箱，嚼一口银河牌巧克力，咬几口苹果，把咖啡杯子放在座位上夹在两腿中间以免泼翻。他经过朦胧将灭的月色中那所白房子时抬头望一望，摇头叹息男人多愚蠢，有些男人，多数男人。他们至少可以做到喝杯白兰地，出门时不要摔那纱门。

　　弗朗西丝卡听见那辆走调的小卡车经过。她躺在床上，光着身子睡了一夜，这是她记忆中的第一次。她能想象金凯德的样子，头发被车窗卷进的风吹起，一只手扶着方向盘，另一只手拿着一支骆驼牌香烟。

　　她倾听车轮隆隆向罗斯曼桥的方向逐渐杳然。她开始在脑海里翻腾叶芝的诗句："我到榛树林中去，因为我头脑中有一团火……"她表达这首诗的方式介乎教学和祈求之间。

他把车停在离桥比较远的地方，以便不妨碍他摄影的构图。他从车座后面小小的空间拿出一双及膝的胶皮靴，坐在车的踏板上，解开皮鞋带换上。把一只有两根带子的背包背在双肩，三脚架的皮带挂在左肩，右手拎着一只背包，通过陡峭的河岸向小溪边走去。

要用技巧把桥摆在某一角度以便在构图上突出来，同时要收进一角小溪而避开桥入口处墙上那些乱刻的字。桥后面的电话线也是个问题，但是通过精心确定框架也可以处理好。

他把装好柯达彩卷的尼康相机拿出来装在沉重的三脚架上，拧紧螺丝钉。相机上装着24毫米镜头，他换上他最喜欢的105毫米镜头。东方已显出灰蒙蒙的光线，他开始试验他的构图，把三脚架向左移二英尺，调整了陷入溪边烂泥中的那只脚，把相机带子绕在左腕上，这是他在水边照相时经常做的，因为由于三脚架倒在水里而损失的相机太多了。

红光出现，天空渐渐亮起来。把相机向下拉六英寸,调整三脚架的腿。还不对。再往左移一英尺,再调整架腿。把相机在架顶放平,光圈调整到f/8。估计一下原野的深度,通过超焦距的技术把它放到最大限度。把快门线套紧在快门上。现在太阳百分之四十在地平线上面,桥上的旧漆变成一种暖红色,这正是他所要的。

从左胸口袋中拿出光谱仪,对到f/8。需要曝光一秒钟,不过柯达胶卷能坚持到这一极限。从取景器望出去。相机调得很准。他拉了一下快门线,等待一秒钟过去。

正当他拉快门时,忽然见到一样东西。他再从取景器望过去。"那桥入口处挂着什么鬼东西?"他叽咕着,"一片纸。昨天并不在那儿呀。"

扶稳三脚架,跑上岸去,身后的阳光迅速追上来。那张纸整整齐齐地别在桥上。把它撕下来连大头针一起放进背心口袋里。赶紧跑到岸边,下去,走到相机后面,太阳已升起百分之六十。

跑得气喘吁吁,再拍一次,重复两次以便留个副本。没有风,草纹丝不动。为保险起见,照了三张两秒的,三张一秒半的。

把镜头光圈调到f/16,整个程序再重复一遍。把三脚架和相机拿到小溪当中去,安置好,印上脚印的淤泥向后移去。这段连续镜头再完整地拍一遍。装一卷新的柯达彩卷,换镜头,把24毫米的装上,把105毫米的放进口袋,涉水而上,离桥近些。调整,对好,核对光线,拍三张照,再照几张备用作为保险。

把相机竖起来,重新构图,再拍,同样的场景,依次拍摄。他的动作没有一点不灵便之处,一切都是那么娴熟,每个动作都有道理,意外情况都得到高效率的、专业化的处理,不落痕迹。

上得岸来,背着器材穿过桥,同太阳赛跑。现在进入紧张阶段。抓出已经装好感光速度更快的胶卷的相机,把两架相机都套在脖子上,爬上桥后的树。树皮扎破了手臂——“去他妈的!”继续爬。现在高高在上,从一个角度望见桥,小溪上正闪着阳光。

用测光表把桥顶单独划出,然后是桥的背阴影面。就在水边读仪器的指数,把相机架好,拍九张照片,再拍备份照,把相机放在塞在树丫杈之间的背心上,换相机,换感光速度更快的胶卷,又照了十几张。

爬下树来,再下河岸,架起三脚架,再装上柯达彩卷,构图同第一批一样,不过是从小溪对面照的。把第三架相机从包里拉出来,那是架旧SP测距离的相机,现在是拍黑白照了。桥上的光线一秒钟一变。

经过紧张的二十分钟——这种紧张只有军人、外科医生和摄影师才能体会,罗伯特·金凯德把背包甩进卡车,沿来路驶回去。离镇西的猪背桥有十五分钟的路程,如果他赶快的话还可能在那里照几张相。

尘土飞扬,点起骆驼牌烟,卡车颠簸前进,驶过那间朝北的白木屋,驶过了理查德·约翰逊的信箱。没有她的影子。你能期待什么呢?她是结了婚的,过得挺不错。你也过得不错。谁需要这些麻烦事?美好的夜晚,美好的晚餐,美好的女人。就让它这样吧,不过,天哪,她真迷人。她身上有一种什么。有一种什么,使我目光很难从她身上移开。

他绝尘而过弗朗西丝卡的住处时,她正在牲口棚里劳动。牲口的喧闹声掩盖了一切路边的声音。而罗伯特·金凯德正向猪背桥驶去,追光逐年地疾驰而过。

第二座桥很顺利。那桥在山谷中,在他到达时周围雾还未散尽。他通过300毫米的镜头取得的景是左上角一轮大太阳,其余部分是通向桥的蜿蜒的白石路和那座桥本身。

　　然后他在那老式测距离相机中收进了一个农夫赶着一队浅棕色的比利时种马,拉着一辆车在白色的路上走。这是最后的旧式老乡了,金凯德想着,笑了。当好镜头来到时,他是知道的,他拍摄时已经能想见最后印出来是什么样。拍竖镜头时他留下了一片光亮的天空,可以在上面写下标题。

　　八点三十五分时他收起三脚架,自我感觉良好。一早晨的工作是有成绩的。这是农村风味的保守的作品,但是很好,很扎实。那张农夫赶马车的照片甚至也许可以作封面照,所以他在图片上方留下了空白,以便印上标题或标志。编辑们喜欢这种设想周到的工艺。这是罗伯特·金凯德得到委任的原因。

　　他七卷胶卷差不多都照完了,把三架相机退空,然后手伸进背心左下方的口袋里去拿另外四卷。"妈的!"大头针扎了他食指一下。他忘了从罗斯曼桥拿下那张纸时连大头针一起放进口袋了。事实上他连那张纸也忘了。他掏出来,打开读:"'当白蛾子张开翅膀时',如果你还想吃晚饭,今晚你事毕之后可以过来,什么时候都行。"

他禁不住微微一笑,想象弗朗西丝卡·约翰逊带着这张纸条和大头针在黑暗中驱车到桥头的情景。五分钟之后,他回到镇上。当德士古加油站的人把油箱加满,核对油量("下去了一夸脱")时,他用加油站的投币电话打电话。薄薄的电话簿让油污的手指翻得黑不溜秋。有两个"R.约翰逊"的名字,不过其中一个有镇上的地址。

他拨了乡下的那个号码等着。厨房电话铃响时弗朗西丝卡正在后廊喂狗。第二下还没来得及响时她拿起听筒:"约翰逊家。"

"喂,我是罗伯特·金凯德。"

她体内又跳动起来,像昨天一样。好像有一根东西从胸部插到腹部。

"收到你的纸条了,W.B.叶芝做信使,以及种种一切。我接受邀请,不过可能要晚一点。天气很好,所以我计划拍摄——让我想想叫什么来着?杉树桥……今晚拍。完事可能要九点钟之后了,然后我还要洗一洗,所以到这儿可能要九点半到十点。行吗?"

不行,她不愿等这么长。不过她还是说:"当然可以，把工作做完吧，那才是重要的。我来做一点很方便的东西，等你来了一热就行了。"

然后他又说："如果你愿意来看我拍照也很好，不会妨碍我的，我可以在大约五点半时来接你。"

弗朗西丝卡思忖着这个问题。她愿意跟他一道去，但是有人看见怎么办？假如理查德知道了，她怎么跟他说？

杉树桥与新的公路平行，在河上游的五百码处，是水泥桥。她不会太引人注意，会吗？不到两秒钟，她决定了。"好吧，我愿意。不过我自己开我的卡车去那里跟你会面，什么时候？"

"大约六点钟。那么在那里见你，对吧？回头见。"

之后整天时间他就在当地的报馆里翻过期的报纸。小镇挺秀丽，有一个蛮舒服的县政府广场，他就坐在那里树荫下的长板凳上吃午饭，一小袋水果、一些面包，还有从街对过儿咖啡馆里买的一瓶可乐。

他走进咖啡馆去买可乐带走时刚过午后。就像在早年荒野的西部酒馆里出现了当地的枪手一样，热闹的谈话中断了一小会儿，大家都打量他。他讨厌这样，觉得不自在，但这是所有小镇的标准程序。有个新来的人！跟我们不一样！他是谁？他来这儿干什么？

"有人说他是个摄影师。说是看见他今天早晨在猪背桥那儿，带着各式各样的相机。"

"他卡车的牌子说明他是从西部华盛顿那边来的。"

"整个早晨都在报馆里。吉姆说他翻报纸找关于廊桥的资料。"

"是啊。德士古的小费希尔说他昨天到过那里打听去所有廊桥的路。"

"他要知道这干什么？"

"怎么会真有人要这些桥的照片？都挺破的，快塌了。"

"他头发可真长，有点儿像那些'披头士'的家伙，或者还有那个叫什么玩意儿来着？嬉皮士！是不是？"这句话引起后边卡座里和邻桌一阵哄笑。

金凯德拿着可乐走出门去，那些目光还在盯着他。也许他请弗朗西丝卡出来是犯了一个错误，为她着想，不是为他自己。如果有人在杉树桥看见她，消息就会由德士古加油站的小费尔从过往行人那里接过,然后在第二天早餐时传到咖啡馆。也许比这还快。

他已经休会到,千万不能低估小镇传递小消息的远程通信效应。对苏丹饿死二百万儿童可以完全无动于衷,可是理查德·约翰逊的妻子和一个长头发的陌生人一起出现,这可是大新闻!这新闻可以不胫而走,可以细细咀嚼,可以在听的人的心中引起一种模糊的肉欲,成为那一年中他们感觉到的唯一的波澜。

他吃完午饭走到县政府广场停车场的公用电话亭,拨了她的号码,铃响三次时她接了电话,稍稍有点气喘。"喂,还是罗伯特·金凯德。"

她立刻胃里一阵紧缩,她想,他来不了啦,一定是打电话来告诉我这个。

"我直截了当说吧。由于小镇人的好奇心,如果你今晚跟我一块儿出来有问题,那就别勉强。坦率地说,我对这里的人怎么想我,完全不在乎,爱怎么想就怎么想,我晚些时候会到你那儿去的。我要说的是我可能不该请你出来,所以你无论如何不必勉强,尽管我很愿意你跟我一起去。"

自从上次通话之后她也一直在想这个问题。但是她决心已定。"不,我想看你工作,我不担心闲话。"
她实际是担心的,但是自己身上有某种东西在主宰
着,要做冒点风险的事。不管付出什么代价,她就是
要到杉树桥去。

"好极了。我只是想再核实一下,待会儿见。"

"好的!"他很敏感,但她早就知道了。

他四点钟回到汽车旅馆,在洗涤池里洗了点衣
服,穿上一件干净衬衫,另外放了一件在卡车里,还
有一条卡其布裤子和一双棕色凉鞋,那凉鞋是他在
一九六二年摄制关于通向大吉岭的那条微型铁路的
新闻时在印度买的。他在一家小酒馆买了两箱六瓶
装的百威啤酒,把其中八瓶——最多能放进八瓶——
放进冷藏箱,排在那些胶卷周围。

真热,天又真正地热起来了。艾奥瓦近黄昏的午
后骄阳淫威所到之处,水泥、砖、土已吸足了热气,此
时更火上添油,从西方火辣辣地照过来。

小酒馆很暗,还算凉快,前门开着,天花板上有个
大电扇,还有一台立式电扇在门口以一百零五分贝的
响声转着。不过不知怎的,那风扇的响声、陈啤酒的
味道、电唱机的高音喇叭,还有酒吧前一张张半含敌

意盯着他看的脸,使他感觉这儿比实际更热。

外面公路上阳光炙人,他想念喀斯喀特山脉和基达卡附近圣胡安德富卡海峡沿岸的枞树和清风。

不过弗朗西丝卡·约翰逊看起来挺凉快。她把她那辆福特卡车停在桥附近的树丛后面,正倚着挡泥板站着。她还穿着那条特别合身的牛仔裤,凉鞋,那件白色棉制圆领衫衬托得她身材倍加妩媚。他把车停在她的车旁,一边向她招招手。

"嗨! 真高兴看见你。太热了!"他说。平淡无味、不着边际的谈话。在一个他有所动心的女人面前的老感觉又来了。除非谈严肃的事,他总是不知说什么好。虽然他很有幽默感,只是稍有点怪,但是他的思想本质上是严肃的,处事认真。他母亲常说他在四岁时就是大人了。作为一名专业人员,这对他很好,但是就思维方式而言,这种性格在一个弗朗西丝卡·约翰逊这样的女人面前对他并不利。

"我想看你制作照片,你不管它叫'拍'。"

"你马上就会看见的,而且你会发现这相当枯燥。至少其他人一般都这样认为。这跟听别人弹钢琴不一样,那你能参与进去共同欣赏。摄影这玩意儿,制作和表演之间要隔很长时间。今天我只是制作,等照片在什么地方登出来,那才是表演。你今天要看到的只是大量的胡摆乱弄。不过太欢迎你来了,你来了我真的高兴。"

她反复品味着最后几个字,他不一定需要说。他可以说到"欢迎"为止,但是他没有止于此。他是真诚地高兴看到她,这很清楚。她希望她到这儿来的本身也能使他体会到同样的意思。

"我能帮你什么忙吗?"他穿上胶皮靴的时候她问。

"你可以帮着拿那只蓝背包,我拿那只土黄色的和三脚架。"

于是弗朗西丝卡成了摄影师助手。他刚才说得不对,可看的多着呢。这是某种表演,只是他自己没有意识到。她昨天就注意到了这一点。他把她吸引住,部分也是因为这个。他优雅的风度,犀利的目光,正在工作的上臂的肌肉,特别是他移动身体的姿势。所有她认识的男人与他相比都显得笨手笨脚。

但是他并非行动匆忙,相反,他完全从容不迫。他有一种羚羊般的素质,尽管她看得出他柔韧而坚强。也许他更像豹而不像羚羊。是的,豹,就是它。她感觉得出来他不是被捕食动物,而是相反。

"弗朗西丝卡,请递给我那台有蓝背带的相机。"

她打开背包,拿出相机,对这些他随随便便摆弄的昂贵的器材特别小心翼翼。相机的镀铬的取景器上刻着"尼康",左上角有一个"F"字母。

他此刻正跪在桥的东北方向,三脚架调得很低,他伸出左手,眼睛没有离开取景器,她把相机递给他,看着他的手摸到相机后一把抓住镜头。他摆弄一下她昨天看见从背心挂出来的绳子一端的活塞,快门闪了一下,他扳了一下快门,又闪了一下。

他摸到三脚架顶,拧松了螺丝钉,把相机卸下来换上了她递给他的那台。他在拧紧新相机时回过头来向她笑着说:"谢谢,你是一流的助手。"她脸微微红了一下。

天哪,他是怎么回事!他像从外星骑着彗星尾巴乘风而来落在她巷子口的什么生物。我为什么不能简单地说一句"不谢"?她想。我在他面前有点迟钝,但是这不是由于他的所为,是我自己,不是他。我就是不习惯和他这样思维敏捷的人在一起。

他涉过小溪走到对岸。她带着蓝背包从桥上穿过去站在他背后，感到很快活，快活得奇怪。这里充满活力，他工作方式中有一种力量。他不是等待天然景色，而是轻柔地把它掌握过来，根据自己的想象加以塑造，让大自然来适应他心目中所见到的景象。

他把他的意志强加于景观，用不同的镜头，不同的胶卷，有时用一个滤光片来抵消光线的变化。他不是单纯地同自然做斗争，而是用技巧和智慧来主宰它。农夫也用化学物质和推土机来主宰土地。但是罗伯特·金凯德改变大自然的方式是有弹性的，每当他工作完毕之后总是让事物恢复本来面目。

她看着他跪下去时牛仔裤紧绷在他臀部肌肉周围，看着他褪色的斜纹布衬衫贴在背上，灰发盖在衣领上，看着他怎样跪坐下来调整一项设备。长久以来第一次，她单是由于注视别人而两腿之间湿漉漉的。当她感觉到这一点时，就仰望夜空深深呼吸，听见他轻声骂了一句，因为有一个滤光片卡住了，从镜头上拧不下来。

他又涉水回来向卡车走去，穿着胶皮靴啪嗒啪嗒在水里走着。弗朗西丝卡钻进了廊桥。当她从另一端出来时，他正蹲在那里拿相机对着她。她沿着路向他走去时他按了一下快门，扳过来，又按第二下，第三下。她觉得自己有点不好意思地笑了笑。

"别担心，"他笑着说，"不得你的允许我决不会把这些照片用在任何地方。我工作已经做完。我想我先到汽车旅馆去冲个澡再出来。"

"好吧，随便你。不过一条毛巾、一次淋浴，或者那水泵或者随便什么东西我总还可以提供的。"她低声地、恳切地说。

"好吧，听你的。你先去吧，我要把这些器材装进哈里——我的卡车，然后立刻就来。"

她把理查德的新福特车退出树丛，开到桥外的大路上，右转弯向温特塞特方向，然后插入西南朝家开去。风沙太大，看不见他是否跟在后面，不过有一次在绕过一个弯道时她觉得她看见了他的车灯，在一英里之外随着那他管它叫"哈里"的卡车跳动。

那一定是他，因为她刚一到家就听见他的车驶进小巷。杰克先吠了几声，随即静了下来，自己咕噜着："就是昨晚那小子，我猜，那没事儿。"金凯德停下来跟它说了会儿话。

弗朗西丝卡从后廊走出来。"冲澡吗?"

"那太好了,给我指路吧。"

她领他上楼到浴室去,那是孩子们长大之后她逼着理查德装的。这是极少数他拗不过她的要求之一。她喜欢在晚上洗长时间的热水澡,而且不想让十几岁的孩子闯入她的私人地盘。理查德用另外一个浴室,他对她浴室内的妇女用品感到不舒服,用他的话说:"太婆婆妈妈。"

到这间浴室非通过他们的卧室不可。她给他开了门,从脸盆下面的柜子里拿出几条大小不一的毛巾。"需要什么就随便用。"她轻轻咬着下嘴唇微笑着说。

"如果你有剩的话,我想借洗发精用用,我的放在旅馆了。"

"当然可以。你挑吧。"

"谢谢。"他把干净的换洗衣服扔在床上,弗朗西丝卡注意到了卡其布裤子、白衬衫和凉鞋。当地男人没有穿凉鞋的。有少数从镇上来的人开始在高尔夫球场上穿百慕大短裤,但是农夫们都不穿。可凉鞋……从来没有。

她走到楼下,听见淋浴声开始了。他现在是光着身子,她想着,感到下腹有异样的感觉。

当天早些时候他来过电话之后,她曾驱车四十英里到得梅因去,进了州政府特批的酒类专营店。她对酒没有经验,向售货员要上好的葡萄酒。售货员也不比她多懂多少,这没关系。于是她就自己一排排看过去,忽然看见一瓶上面贴着"瓦尔波利切拉"商标,她记得是很久很久以前的意大利干红葡萄酒,于是买了两瓶,还有一瓶细颈玻璃瓶装的白兰地,觉得自己放荡不羁而老于世故。

下一步,她到市中心一家店物色一件夏装。她找到了一件浅粉色细背带的。那衣服后背开得很低,前领陡地凹下去,穿起来半截乳房露在外面,腰间用一根细带子系起来。又买了一双白凉鞋,很贵,平底,鞋帮上有精细的手工花纹。

下午,她做夹馅辣椒,用番茄酱、黄米、奶酪和欧芹碎拌馅儿,然后是简单的菠菜沙拉、玉米面饼,甜点是苹果酱舒芙蕾。除了舒芙蕾之外,都放进了冰箱。

她急急忙忙把新买的连衣裙改短到齐膝。得梅因的《注册报》在初夏时登过的一篇文章说这是今年流行的长度。她一向认为新潮服装怪里怪气的,那是人们乖乖地听命于欧洲设计师。不过这个长度对她特别合适,所以她就把裙边裁到那里。

葡萄酒是个问题。这里的人都把它放到冰箱里,可在意大利他们从来不这么做。但是就放在厨房台子上又太热。她想起了建在泉水上的小屋,夏天那里温度总是在六十华氏度上下,于是她把葡萄酒靠墙放着。

楼上淋浴停止时刚好电话铃响了。是理查德从伊利诺伊打来的。

"一切都好吗?"

"好。"

"卡罗琳的小牛要在星期三参评,第二天我们还要看点别的,星期五回家,会比较晚。"

"好的。好好玩,回来开车小心点。"

"弗兰妮,你没事吧?声音有点不太对。"

"没事儿,我挺好。就是天太热。洗个澡就好了。"

"好吧,问杰克好。"

"好,我会的。"她扫了一眼杰克,它趴在后廊的水泥地上。

罗伯特·金凯德从楼上下来进入厨房。白色领尖带纽扣的衬衫,袖子刚好卷到胳膊肘,浅卡其布裤子,棕色凉鞋,银手镯。衬衫头两个扣子敞着,露出银项链。他的头发还是湿的,梳得整整齐齐,中分。她对凉鞋感到新奇。

"我现在把野外穿的脏衣服拿到车里去,然后把那些家伙拿进来擦擦干净。"

"去吧。我要洗个澡。"

"要不要洗澡时喝杯啤酒?"

"要是你有富余的话。"

他先把冷藏箱拿进来,给她拿出一瓶,为她打开。她找出两个高玻璃杯当啤酒杯。他回到卡车里拿相机时她拿着啤酒上楼,注意到他已经把澡盆洗干净了。于是放了一大盆热水泡了进去,把啤酒杯放在澡盆旁边的地上,开始擦肥皂,剃汗毛。几分钟以前他刚在这儿躺过,她现在躺的地方热水曾流过他的身体,她觉得十分性感。几乎一切与罗伯特·金凯德有关的事都开始使她觉得性感。

像洗澡时喝一杯冷啤酒这样简单的事,她都觉得多么风雅。为什么她和理查德就不能有这样的生活？她知道部分的原因是长期习惯养成的惰性。所有的婚姻，所有的固定的关系都有可能陷入这种惰性。习惯使一切都可以预见，而这预见本身又带来安逸，这点她也体会到了。

还有那农场，像一个缠人的病人一样需要时时刻刻关心，尽管不断更新的代替人力的设备使劳动比以前减轻了许多。

可是这里的生活还不止于此。可预见是一回事，怕改变又是一回事。理查德就是怕改变，他们婚后生活的任何改变他都害怕。通常连谈也不愿意谈。特别不愿谈性爱。情色这东西对他来说是危险的，在他的想法中是不体面的。

可是他绝不是绝无仅有的，而且也绝不能责怪他。在这里竖起的拒自由于外的屏障是什么？不仅存在于农场上，而且存在于乡村文化之中，也可以说是城市文化之中。为什么要竖起这些围墙、篱笆来阻挠男女之间不作伪的、自然的关系？为什么缺少亲密？为什么没有情欲？

妇女杂志正在谈论这些事，女人们不仅开始对自己生活中卧室里发生的事情有所期待，而且对自己在更大范围的设计图中的地位也有所期待。像理查德这样的男人——她猜想大多数男人——受到这种期待的威胁。从某种意义上讲，女人正在要求男人们既是诗人同时又是勇猛而热情奔放的情人。

女人看不出二者之间有什么矛盾，男人们却认为是矛盾的。他们生活中的更衣室、男人的晚会、台球室和男女隔离的聚会都定出一套男性的特点，这里面是容不下诗意或者任何含蓄细致的情调的。所以，情欲如果是一种细致的感情，本身是一种艺术——弗朗西丝卡认为是的——那么，在他们的生活结构中是不存在的。于是男女双方在烦乱的、巧妙的互相应付中继续过着同床异梦的生活。与此同时，女人们在麦迪逊县的漫漫长夜里只有面壁叹息。

而罗伯特·金凯德的头脑中有某种东西能对这一切心领神会。这点她能肯定。

她走进卧室褪去毛巾时注意到已经十点过了一点儿。天还很热，不过洗澡使她凉快下来。她从衣橱里拿出新衣服。

她把长长的头发拢到后面用一只银发卡卡住，戴上一副大圈圈的银耳环，还有一只也是那天早晨在得梅因买的宽大的银手镯。

还是"风歌"牌香水。在拉丁式的高颧骨的两颊薄施胭脂,那粉红色比她的衣服还要淡。她平时穿着短裤短衫在田间劳动而晒黑了的皮肤衬托得全套服饰更加鲜亮。裙子下面露出两条修长的腿,十分好看。

她在镜台前转过来转过去,顾盼自怜,心想,我已是尽力而为了,然后又欢喜地说出声来:"不过还是挺不错的。"

她走进厨房时罗伯特·金凯德正在喝第二杯啤酒,并且在重新把相机装进包里。他抬头看着她。

"天哪。"他柔声说。所有的感觉,所有的寻觅和苦思冥想,一生的感觉、寻觅和苦思冥想此时此刻都来到眼前。于是他爱上了弗朗西丝卡·约翰逊——多年前来自那不勒斯的、艾奥瓦州麦迪逊县的农夫之妻。

"我想说,"——他的声音有些发抖,有些嘶哑——"假如你不介意的话,我想说你简直是光艳照人,照得人眼花缭乱晕头转向。我是认真的。你是绝代美人,弗朗西丝卡,是从这个词的最纯正的意义上说的。"

她可以感觉得出来他的倾慕是真诚的。她尽情享受这欢乐和得意，沐浴其中，听凭漩涡没顶，像是多年前抛弃了自己今又归来的不知何方仙女双手洒下的甘油浸透每个毛孔。

就在这一刹那间，她爱上了罗伯特·金凯德——来自华盛顿州贝灵汉的，开着一辆名叫哈里的旧卡车的摄影家，作家。

又有了能翩翩起舞的天地

在一九六五年八月那个星期二的晚上，罗伯特·金凯德目不转睛地盯着弗朗西丝卡·约翰逊。她也定定地看着他。他们在相距十英尺外紧紧拴在一起，牢固地，亲密地，难解难分。

电话铃响了。她还盯着他看，第一声没有挪动脚步，第二声也没有。在第二声响过，第三声尚未响起之前的长时间寂静之中他深深地吸了一口气，低下头去看他的相机袋。于是她才能挪步穿过厨房，拿起正好挂在他椅子背后墙上的电话。

"约翰逊家……嗨，玛吉，是的，我很好。星期四晚上？"她算了一下：他说他要待一星期，他是昨天到的，今天刚刚星期二。这回说谎的决心很容易下。

她站在通向游廊的门口，左手里拿着电话，他坐在她能摸得着的地方，背对着她。她右手伸过去随便地搭在他的肩膀上，这是有些妇人对她们在意的男人常有的姿态。仅仅不到二十四小时，罗伯特·金凯德已经成了她在意的人。

"噢，玛吉，我那天没空，我要到得梅因去采购，我压下了好多事没做，这是好机会，你知道理查德和孩子们正好出门去了。"

她的手轻轻放在他身上。她能感觉得出他领子后面从脖子到肩膀的肌肉。她望着他浓密的、梳着整齐的中分的灰发，看它怎样披到领子上。玛吉还在唠叨。

"是的，理查德刚来过电话……不，明天，星期三才参评呢。理查德说他们要星期五很晚才回家。他们星期四还要看点什么。回来要开很长时间的车，特别是那辆运牲口的车……不，橄榄球赛还要再过一个星期之后才开始，呃呃，一星期，至少迈克尔是这么说的。"

她意识到隔着衬衫他的身体有多热。这股热气进入她的手，传到她的胳膊，然后散到全身任意流动，到处通行无阻，她也的确丝毫没有想加以控制。他端坐在那里一动不动，不愿出任何足以引起玛吉怀疑的声响。弗朗西丝卡理解这一点。

"噢，是的，那是一个问路的人。"她猜一定是弗洛伊德·克拉克一回家就告诉他妻子昨天路过约翰逊家时看见场院里停着一辆绿色小卡车。

"是个摄影记者？咳，我不知道，我没注意，可能是吧。"现在谎话来得越来越容易了。

"他是在找罗斯曼桥……是吗？给那些古旧的桥拍照，嗯？那好，这最不碍事了。"

"嬉皮士？"弗朗西丝卡味味笑起来，看着金凯德的头慢慢来回摆动，"哎，我搞不清嬉皮士是什么样儿的。这家伙挺有礼貌的。他只待了一两分钟就走了……我不知道意大利有没有嬉皮士，玛吉，我已经八年没去过那儿了。而且，我刚才说过，我想我就是看见了也不一定知道那就是嬉皮士。"

玛吉谈到她在什么地方读到的关于性解放、群居、吸毒等等。"玛吉，你来电话时我正准备进澡盆呢，所以我想我得赶快去了，要不水就该凉了。好，我会给你打电话的，再见！"

她不想从他身上把手抽走，但是现在没有借口不挪走了。于是她走到洗涤池旁打开收音机。还是乡村音乐。她转动频道，直到出来一个大乐队的声音，就停在那里。

"《柑橘》。"他说。

"什么？"

"那支歌。叫作《柑橘》，是关于一个阿根廷女人的。"又在顾左右而言他了。东拉西扯，说什么都行，就为抵制时间和那感觉。她听见他思想深处轻轻一声，门带上了，把两人关在一间艾奥瓦的厨房中。

她温柔地向他微笑。"你饿了吧？我晚饭已经做好了，你什么时候想吃都行。"

"今天一天过得真好，真丰富。吃饭前我想再喝一杯啤酒。你愿意陪我喝一杯吗？"他在支吾其词，寻找自己的重心——正在一点一点失去的重心。

她愿意喝一杯。他打开两瓶，把一瓶放在她那边桌子上。

弗朗西丝卡对自己的外表和感觉都很满意。女性化，这就是她的感觉。轻盈、温暖、女性化。她坐在厨房椅子上，跷着二郎腿，裙边掀到右膝以上。金凯德靠在冰箱上,双臂交叉在胸前,右手拿着百威啤酒。她很高兴他注意到了她的腿。他的确注意到了。

她的全身他都注意到了。他本来可以早点退出这一切,现在还可以撤。理性向他叫道:"丢下这一切吧,金凯德!回到大路去,拍完那些桥就到印度去,中途在曼谷停一下,去找那个丝绸商的女儿,她知道所有古老的令人迷醉的秘方。破晓时同她一起到森林水池中赤身游泳,然后黄昏时把她从里到外翻个个儿,听她的尖叫声。丢开这里吧!"——现在那声音已经是牙缝中迸出来的嘶嘶声:"你昏了头了!"

可是那慢步探戈舞曲已经开始了。他能听见,在某个地方有架古老的手风琴正在奏这支舞曲。也许是很久很久以前,也许是很久很久以后,他不能确定。但是它正慢慢逼近他。那声音模糊了他的一切行为准则,使得除了合二而一之外,其他一切选择都逐渐消失。那乐曲毫不留情地向他逼来,直到他已经没有任何其他出路,只剩下走向弗朗西丝卡·约翰逊一条道。

"如果你愿意,我们可以跳舞,这音乐跳舞挺不错的。"他以他特有的认真而怯生生的神情说,然后又赶快找台阶下,"我是不大会跳舞的,不过如果你愿意,我也许在厨房里还可以应付。"

杰克在抓游廊的门,要进来。让它在外面待着吧。

弗朗西丝卡只微微红了一下脸。"好吧。不过我也不大跳舞……现在已经不常跳了。我在意大利当姑娘的时候常跳舞,可现在只有到新年夜的时候才跳得多些,平时只偶然跳跳。"

他笑笑,把啤酒放在切菜台上。她站起身来,两人向对方移动。"这里是芝加哥WGN电台,现在是各位星期二夜间舞会节目时间,"那男中音播音员报告说,"广告之后我们继续。"

他俩都笑了,电话、广告,总有东西不断把现实插到他们中间。他们对此心照不宣。

不过他已经伸出手来,不管怎样已经把她的右手握在他左手之中。他轻松地靠在切菜台上,双腿交叉站着,右脚腕在上。她在他身旁,靠在洗涤池边,望着桌子边的窗外,感觉到他细长的手指攥着她的手。没有一丝风,玉米在生长。

"哦,等一下。"她不情愿地从他手里抽出自己的手,打开右边柜子底层,拿出两支白蜡烛来,那是她当天早晨在得梅因买的,同时还买了两个小小的铜烛台,把它们放在桌子上。

他走过去,把它们斜过来依次点着了,她同时关上顶灯。现在一切都在黑暗中,只有那两簇直挺挺的小火苗在一个无风的夜晚一闪也不闪。这简朴的厨房从来没有这么好看过。

音乐又开始了,对他俩来得正好,那是《秋叶》的慢处理。

她感到有点尴尬,他也是。不过他拿起她的手,一只手放在她腰间,她进入他的怀抱,尴尬的局面就消失了。不知怎的进行得很顺利。他把手在她腰间再往前挪了挪,搂得更近些。

她能闻见他的气味,干净、擦过肥皂、热乎乎的。这是好闻的、文明人的基本的气味,可此人的某一部分又像是土著人。

"香水很好闻。"他说,把交握的双手放在他的胸口靠近肩膀的地方。

"谢谢。"

他们慢慢地舞着,向哪个方向也没移动多少。她能感觉到他的腿顶着她的,他们的肚子偶然碰到一下。

歌声停止了。但是他还搂着她。嘴里哼着刚才这支歌的调子，他们保持着原样，直到下一支曲子开始。他自然而然地带着她跟着音乐跳起来，他们就这样继续跳着舞，窗外蝉声长鸣，哀叹九月的到来。

她隔着薄棉布衬衫能感到他肩膀的肌肉。他是实在的，比她所知道的任何事物都实在。他微微前俯使脸颊贴着她的脸。

在他们一起度过的时光里，他有一次提到自己是最后的牛仔之一。那时他们正坐在后边压水泵旁边的草地上。她不理解，问他是什么意思。

他说："有一种人是过时的产品，或者差不多如此。世界正在组织起来，对我和有些人来说太组织化了。一切事物都各就各位，每一件事物都有它的位置。是的，我承认我的相机是高度组织化的，但是我指的不只是这类事。规章制度、法律、社会惯例、等级森严的权力机构、控制范围、长期计划、预算、企业的权力。我们信赖'百威啤酒'，到处都是皱巴巴的套装和贴在衣襟上的姓名卡。

"人和人不一样，有些人在即将到来的世界里可以如鱼得水；而有些人，也许就是像我这样的少数人，不行。你看看电脑、机器人以及它们能做的事。在旧世界里这些事我们都能做，是为我们设计的，别人或机器都干不了。那时我们跑得很快，强壮而敏捷，敢作敢为，吃苦耐劳。我们勇敢无畏，我们既能远距离投长矛，又能打肉搏战。

"最终，电脑和机器人要统治一切。人类操纵这些机器，但这不需要勇气和力量，以及任何我刚才说的那些特质。事实上，人已经过时了，无用了。只需要精子库传宗接代，而这已经开始出现了。女人说大多数的男人都是不中用的情人，所以用科学来代替性爱也没多大损失。

"我们正在放弃自己驰骋的天地，组织起来，矫饰感情。效率、效益还有其他种种头脑里想出来的花样。既然失去了自由驰骋的场地，牛仔就消失了，与此同时山上的狮子和大灰狼也消失了。给旅行者留下的余地不多了。

"我就是最后的牛仔之一。我的职业给了我某种自由驰骋的场地，是当今能得到的最大的场地了。对这我不感到悲哀，也许有一点怅惘。但这是必然要到来的，也许这是我们可以避免毁灭自己的唯一途径。我的论点是：男性荷尔蒙是这个星球上一切麻烦之源。统治另一个部落或另一个战士是一回事；搞出导弹来却是另一回事；拥有力量来像我们正在做的那样破坏大自然，那可又是另一回事了。蕾切尔·卡森是对的，约翰·缪尔和奥尔多·利奥波德[1]也是对的。

"现代社会的祸根在于男性荷尔蒙在它能起长期破坏作用的地方占了压倒性优势。即使不谈国家之间的战争或是对大自然的袭击，也还存在那种把我们隔离开来的进攻性和我们需要研究解决的问题。我们需要以某种方式使这种男性荷尔蒙升华，或者至少把它们控制起来。

"大概已经到时候了，该收起童年的事物长大成人了。真见鬼，我认识到了这一点，我承认这一点。我正努力拍摄一些好照片，然后在我变得完全过时，或是造成严重损害之前退出生命。"

多少年来，她常常思考他说的这段话。从表面上看他似乎是对的，但是他的作风与他说的完全矛盾。

1　三人都是环保主义者。

他有一种一往无前的进攻性,但是他好像能够控制它,能够随自己的意愿加以发动或释放掉。这正是使她迷茫而又倾心之处——惊人的激烈,而又掌握得极有分寸,激烈得像一支箭,伴随着热情,没有丝毫低级趣味。

在那个星期二的夜晚,他们在厨房里跳舞,逐渐地,不知不觉地,越来越紧地靠在一起。弗朗西丝卡紧紧贴在他的胸前,心想不知他隔着她的衣服和自己的衬衣能否感觉到她的乳房,又觉得一定能的。

她觉得他真好,希望这一刻永远延续下去。继续放老歌曲,继续跳舞,继续贴紧他的身体。她又恢复了女儿身,又有了能翩翩起舞的天地。缓慢而又持续地,她回归本原,回到她从未去过的地方。

天很热,很潮湿,远处西南方向传来雷声,扑灯蛾奔烛光而来贴在纱窗上。

现在他已完全陷进她的怀抱,她也是一样。她挪开了脸颊,抬起头来用黑眼睛望着他,于是他吻她,她回吻他,长长的,无限温柔的吻,如一江春水。

他们放弃了假装跳舞,她双臂抱住他的脖子。他左手在她背后腰际,另一只手抚摸着她的头颈、面颊和头发。托马斯·沃尔夫曾提到"古老的渴望的鬼魂"。现在这鬼魂在弗朗西丝卡·约翰逊的身体里，在他们俩的身体里蠢蠢欲动。

弗朗西丝卡在六十七岁生日时坐在窗口望着秋雨细细回味。她拿着白兰地到厨房去，停下来凝视着他们两人曾经站过的那块地方，内心汹涌澎湃不能自已。每次都是这样的。这感情太强烈，以至于多年来她只敢每年详细回忆一次，不然单是那感情的冲力就会使她精神崩溃。

她必须克制自己不去回忆，这已成为她生死攸关的问题，尽管近年来那些细节越来越经常地回到脑海中来。她已停止设法制止他钻进她的身体。形象十分清晰、真实，而且就在眼前。然而又是那样久远，二十二年之久。但是慢慢地它再次成为她的现实，是她值得活下去的唯一的现实。

她知道她已六十七岁，并且接受这一现实。但是她无法想象罗伯特·金凯德已经要七十五岁。不能想，不堪设想，甚至连设想一下本身也不能设想。他就在这厨房里同她在一起，白衬衫、灰长发、卡其布裤子、棕色凉鞋、银手镯、银项链。他就在这里，胳膊搂着她。

她终于离开了他的怀抱，离开他们在厨房站着的地方，拉起他的手走向楼梯，走上楼梯，经过卡罗琳的房间，经过迈克尔的房间，走进自己的房间，打开一盏小小的床头阅读灯。

现在，这么多年之后，弗朗西丝卡拿着她的白兰地慢慢走上楼梯，右手拖在后边以回味当时他跟在后面上楼，经过走廊进入卧室的情景。

那有血有肉的形象铭刻在她脑海中，清晰得一如他切割整齐的照片。她记得梦一般的脱衣的程序，然后两人赤裸裸躺在床上。她记得他如何趴在她的身上，将胸部贴着她的肚皮缓缓移动，然后移过她的乳房。他一遍又一遍重复这一动作，好像老动物学教科书里写的动物求偶的仪式。他在她身上移动的同时轮番吻她的嘴唇和耳朵，舌头在她脖子上舐来舐去，像是南非草原的草丛深处一只漂亮的豹子可能做的那样。

他就是一只动物，是一只优美、坚强、雄性的动物，表面上没有任何主宰她的行动，而事实上完完全全地主宰了她，此时此刻她所要的正是这样。

但是这远不止于肉体——尽管他能这样长时间不疲倦地做爱本身也是其中一部分。爱他是精神上的。近二十年来人们谈爱情谈得太多了，这个字眼几乎都用俗了。但是她爱他是精神上的，绝不是俗套。

在他们做爱的当中，她用一句话概括了她的感受，在他耳边悄声说："罗伯特，你力气真大，简直吓人。"他力气的确大，但是他十分小心地使用它。然而还不仅如此。

性事是一回事。她自从见到他以来，一直有预期——至少是一种可能性——享受某种快感，摆脱日常千篇一律的方式。但是她没有预料到他这种奇妙的力气。

他简直好像占有了她的全部，一切的一切，让人害怕的正是这一点。从一开始她从来没有怀疑过，不管他们俩做什么，至少她有一部分是可以保持超越于罗伯特·金凯德之上的，那一部分属于她的家庭和麦迪逊县。

但是他就这么拿走了，全部拿走了。从他一开始从卡车里走出来问路时，她就早该知道这一点。那时他就像萨满教的巫师，她最初的判断是对的。

他们连续做爱一小时，可能更长些，然后他慢慢脱出来，点了一支烟，也为她点上一支烟。或者有时候他就静静躺在她身旁，一只手总是抚摸着她的身体。然后他又进入她体内，一边爱着她，一边在她耳边悄悄说些温情的话，在话语之间吻她，胳膊环住她腰际把两人相互拉进彼此的身体。

于是她喘着气，开始浮想联翩，听凭他把她带到他生活的地方去，而他生活在奇怪的、鬼魂出没的地方，沿着达尔文的逻辑上溯到久远。

她把头埋在他的脖子里，皮肤挨着他的皮肤，能够闻到河流、森林、篝火的气息；能够听到很久以前冬夜火车站火车喷着气出站的声音；能够看到穿着黑色长袍的旅行者沿着结冰的河穿过夏天的草场坚定地披荆斩棘向着天尽头走去。那豹子一遍，一遍，又一遍掠过她的身体，像草原长风吹过，而她在他身下辗转翻腾，像一个奉献给寺庙的处女乘着这股风驶向那美妙的、驯服的圣火，勾画出忘却尘世的柔和线条。

于是她屏息轻声地喃喃细语："罗伯特……罗伯特……我把握不住自己了。"

她多年以前已经失去的性欲的亢奋，现在却和一个一半是人，一半是别的什么的生命长时间地做爱。她对他这个人和他的耐力感到惑然不解，他告诉她，他能在思想上和肉体上一样达到那些地方，而思想上的亢奋有它自己的特性。

她完全不懂他是什么意思。她只知道他拉来一条不知什么绳索，把他们两个紧紧绑在一起，绑得这么紧，如果不是她以冲天之势挣脱自己，是会窒息的。

夜正浓，那伟大的盘旋上升的舞蹈继续进行。罗伯特·金凯德摒弃了一切顺序感，回到他自己只同轮廓、声音和影子打交道的那部分。他沿着最古老的途径走下去，以阳光照亮的夏草和秋日红叶上的融霜为烛光，指引方向。

他听见自己向她耳语，好像是一个不属于他自己的声音在说话。是里尔克的诗的片段："我围绕古老的灯塔……已环行几千年。"还有纳瓦霍印第安人的太阳之歌中的词句，向她诉说她给他带来的种种幻象：空中飞沙、红色旋风、棕色鹈鹕骑在海豚背上沿着非洲的海岸向北游去。

在她弓身向他贴近时，一种声音，细微的、含意不清的声音从她口里发出。但这是他完全理解的声音，就在他身下这个女人身上，在他肚皮紧贴着她，探进她体内深处的女人身上，罗伯特·金凯德长年的寻觅终于有了结果。

终于，他明白了，一切都有了意义：他经过的所有荒滩上那些细小的脚印，从未起锚的船上装的那些神秘的货箱，黄昏时分他在蜿蜒的城市街道上踽踽独行时那些在面罩下注视他的一张张脸——所有的这一切的意义他终于都明白了。像一个老猎人远行归来，看到家中的篝火之光，孤寂之感就此融化。终于，终于……他走了这么远，这么远，来到这里。于是他以最完美的姿势趴在她身上，浸沉于终身不渝的、全心全意的对她的爱之中。终于！

到天亮时他稍稍抬起身子来正视着她的眼睛说："我在此时来到这个星球上，就是为了这个，弗朗西丝卡。不是为旅行摄影，而是为爱你。我现在明白了。我一直在从高处一个奇妙的地方的边缘往下跌落，时间很久了，比我已经度过的生命还要多许多年，而这么多年来我一直在向你跌落。"

他们下楼时收音机还开着。天已破晓，但太阳还躲在一层薄薄的云后面。

"弗朗西丝卡，我要求你为我做一件事。"他笑着说。弗朗西丝卡正在手忙脚乱地摆弄着咖啡壶。

"什么事？"她看着他，心里想，天哪，我多爱他。她有点把握不住自己，还想再要他，永无止境。

"套上你昨晚穿的牛仔裤和圆领衫，还有那双凉鞋，不要别的。我要照一张相，留下你今天早晨的样子，一张只给我们俩的照片。"

她走上楼去，两腿由于整夜绕在他身上而有点发软，穿好衣服，同他一起走到牧场上。就在那里，他给她照了这张她每年都翻出来看的照片。

大路和远游客

罗伯特·金凯德在以后几天中放弃了摄影，而弗朗西丝卡·约翰逊除了压缩到最起码的必要劳动之外，也放弃了农场生活。两人所有的时间都待在一起，不是聊天，就是做爱。有两次，他应她要求为她弹着吉他唱歌，他的声音中上，有点不大自在，说她是他的第一个听众。她听了笑着吻他，然后往后仰去，躺在自己的感觉之中，尽情听他歌唱那捕鲸船和沙漠之风。

她坐着他的哈里跟他到得梅因去把照片寄到纽约。只要有可能，他总是把第一批的几卷底片先寄出，这样编辑就可以知道他的工作意向，技术员也可以先检查一下，看看他相机的快门是否运行正常。

随后他带她到一家豪华饭店吃午饭，在餐桌上握着她的手，以他特有的方式目不转睛地看着她。侍者瞧着他们微笑，暗中希望有一天自己也能感受到这样的感情。

她对罗伯特·金凯德这样意识到自己的生活方式正在逝去，还能处之泰然，感到不可思议。他眼看着那些牛仔们以及与他们类似的人，包括他自己，步步走向死亡。现在她开始理解为什么他说他是处于物种演变的一个分支的终端，是一个死胡同。有一次他谈到他所谓的最后的事物时悄声说道："'永不再来'，高原沙漠之王曾经这样喊道，'永不再来，永不再来！'"他沿着自己这一分支望出去，空无一物，他属于过时的品种。

星期四下午他们做爱之后进行了谈话。两人都知道这场谈话终须到来，而两人都一直在回避。

"我们怎么办？"他问道。

她默不作声，是内心极度矛盾的沉默，然后柔声说道："我不知道。"

"这样好吗，如果你愿意，我就待在这里，或是城里，或是随便什么地方。你家里人回来之后，我就径

直跟你丈夫谈,向他说清楚现在的局面,这事不容易,
不过我会做到的。"

她摇摇头。"理查德绝不会接受,他不是这样想问
题的。他根本不理解什么魔力、激情以及其他我们谈
过的、经历过的一切,他也永远不会理解。这不一定
说明他是次一等的人。只不过这一切离他毕生感受
过的或想过的太远了。他没法应付这样的事。"

"那么是不是我们就让这一切付诸东流?"他很严
肃,没有笑容。

"这我也不知道。罗伯特,奇怪得很,你已经拥有
我了。我原来不想让人拥有,也不需要。我知道这也
不是你的意图,但是事已如此。我现在并不是在草地
上坐在你身旁,而是在你的身体内,属于你,心甘情愿
当一个囚徒。"

他回答说:"我不能肯定你是在我体内,或者我是
在你体内,或者我拥有你。至少我并不想拥有你。我
想我们两个都进入了另一个生命的体内,这是我们创
造的,叫作'咱们'。

"其实,我们也不是在那个生命里面,我们就是那
个生命。我们都丢掉了自己,创造出了另一样东西,

这东西只能作为我俩的交织而存在。天哪，我们就是在相爱，天上人间爱能有多深就爱得多深。

"跟我一起走四方吧，弗朗西丝卡！这不成问题。我们可以在大漠的沙堆里做爱，在蒙巴萨的阳台上喝白兰地，瞭望阿拉伯三角帆船在初起的晨风中扬帆起航。我要带你去狮之国，到孟加拉湾边上一座古老的法国城市，那里有一个奇妙的屋顶饭店，还有火车穿过山间隧道，还有比利牛斯山的高处巴斯克人开的小旅店，在印度南部的老虎保护地的一片大湖中央的岛上有一个特殊的地方。如果你不喜欢大路上的生活，那么我就找个地方，开个店，专摄当地风光，或肖像，或者干一行随便什么能维持我们生活的营生。"

"罗伯特，我们昨夜做爱时你说的话我还记得。我不断地在你耳边说你力量多大，天哪，你可真是强有力。你说：'我是大路，是远游客，是所有下海的船。'这是对的，你是这么感觉的，你感觉大路就在你身休里面。不，还不止如此。我不知道我能不能说清楚，从某种意义上说你本人就是大路。幻想与现实相遇的夹缝，就是你所在的地方，在外面大路上。大路就是你。

"你就是那旧背包,那辆叫作哈里的卡车,那飞向亚洲的喷气式飞机。我也愿意你是这样。假定如你所说,你的物种进化的分支是一条死胡同,那我也要你以全速冲向那终点。可是同我在一起你就不一定能这样做。你难道看不到,我是多么爱你,以至于我不忍看你有一时一刻受到约束。这样做等于把你这个野性的、无比漂亮的动物杀死,而你的力量也就随之而消亡。"

他要开口说话,被弗朗西丝卡制止了。

"罗伯特,我还没说完,假如你把我抱起来放进你的卡车,强迫我跟你走,我不会有半句怨言。你光是用语言也能达到这个目的。但是我想你不会这样做。因为你太敏感,太知道我的感情了。而我在感情上是对这里有责任的。

"是的,这里的生活方式枯燥乏味。我的生活就是这样。没有浪漫情调,没有情欲,没有在厨房里烛光中的翩翩起舞,也没有对一个懂得情爱的男人的奇妙的感受。最重要的是没有你。但是我有那该死的责任感,对理查德,对孩子们。单单是我的出走,我的身体离开了这里就会使理查德受不了,单是这一件事就会毁了他。

"除此之外，更坏的是，他得在当地人的闲言碎语中度过余生：'那人就是理查德·约翰逊，他那意大利小媳妇几年前跟一个长头发的照相的跑了。'理查德必须忍受这种痛苦，而孩子们就要听整个温特塞特在背后叽叽喳喳，他们在这里住多久就得听多久。他们也会感到痛苦，他们会为此而恨我。

"我多么想要你，要跟你在一起，要成为你的一部分；但我同样也不能使自己摆脱我实实在在背负的责任。假如你强迫我跟你走，无论用体力或是用精神力量，我说过的，我都无力抗拒。我对你感情太深，没有力气抗拒。尽管我说了那么多关于不该剥夺你以大路为家的自由的话，我还是会跟你走，只是为了我自私的需要，我要你。

"不过，求你别让我这么做，别让我放弃我的责任。我不能，不能因此而毕生为这件事所缠绕。如果现在我这样做了，这思想负担会使我变成另外一个人，不再是你所爱的那个女人。"

罗伯特·金凯德沉默不语。他知道她说的关于大路、责任以及那负疚感会转变她是什么意思。他多少知道她是对的。他望着窗外，内心进行着激烈斗争，拼命去理解她的感情。她哭了。

随后他们两个长时间抱在一起。他在她耳边说："我只有一件事要说，就这一件事，我以后再也不会对任何人说，我要你记住：在一个混沌不清的宇宙中，这样明确的事只能出现一次，不论你活几生几世，以后永不会再现。"

他们那天夜里——星期四夜里——又做爱，在一起躺着互相抚摸，悄悄耳语，直到日出之后很久。然后弗朗西丝卡睡了一会儿。等她醒来时已是红日高照，而且已经很热。她听见哈里的一扇门嘎嘎作响，就披衣起床。

她到厨房时他已煮好咖啡，坐在桌子旁抽烟。他对她笑笑。她走过去把头埋在他脖子里，两手插进他的头发，他的胳膊搂着她的腰。然后他把她转过来，让她坐在怀里，抚摸着她。

终于他站了起来，他穿上了旧牛仔裤，干净的卡其布衬衫上有两条橘黄色的背带，那双红翼牌靴子系得很紧，腰里插着那把瑞士军刀。他的照相背心挂在椅背上，口袋上露出快门线。牛仔已经穿扎停当，准备上马了。

"我该走了。"

她点点头，开始哭起来。她看见他眼中有泪，但是他一直保持着他特有的微笑。

"我可以给你写信吗？我想至少给你寄一两张照片。"

"可以，"弗朗西丝卡用挂在柜门上的手巾擦着眼睛说，"我可以找个借口解释收到一个嬉皮士摄影师的邮件，只要不太多。"

"你有我在华盛顿州的地址和电话号码，对吧？"她点点头。"如果我不在家，你就给《国家地理》杂志社办公室打电话，我来给你写下电话号码。"他在电话边的小本子上写上了号码，撕下那一页交给了她。

"你还可以在杂志上找到电话号码，向他们要编辑部。大多数情况下他们总是知道我的去处。

"你如果想见我，或者只是想聊聊天，千万别犹豫。不论我在世界上什么地方，你都可以给我打受话人付款的电话，这样你的电话账单上就不会显示出来。我会在这儿再待几天。再考虑一下我说过的话。我可以在这里待着，干脆利落地解决问题，然后我们可以一起驱车向西北方向去。"

弗朗西丝卡无言。她知道他能干脆利落地解决问题。理查德比他小五岁,但是无论在智力上或是体力上都不是罗伯特·金凯德的对手。

他穿上背心。她已失魂落魄,脑子一片空白。"别走,罗伯特·金凯德。"她听见自己身体里某个部位这样叫道。

他拉着她的手通过后门走向他的卡车。他打开驾驶室的门,把脚放在踏板上,然后又挪下来再次搂抱她几分钟。两人都不说话,只是站在那里,把相互的感觉传递,吸引,铭刻于心,永不磨灭。再次肯定他所说的那特殊的生命的存在。

他最后一次放开了她,走进车里,开着门坐在那里。泪水从他的两颊流下来,泪水也从她的两颊流下来。他慢慢地关上门,门缝嘎嘎作响。像往常一样,哈里总是不情愿启动,不过她能听见他的靴子踩那油门,那老卡车终于屈服了。

他把车挂在倒挡上,坐在那里踩在离合器上,起先很严肃,然后微微咧嘴一笑,冲着小巷那边指指。"上大路,你知道。下个月我就会在印度东南部,要不要一张从那里寄来的明信片？"

她说不出话来，不过摇摇头表示不要。让理查德在信箱里发现这个会使他受不了。她知道罗伯特能理解。他点点头。

卡车倒驶进庭院，颠簸着经过铺着砾石的场院，小鸡从轮下四散逃走，杰克吠着把其中一只追到机器棚里。

罗伯特·金凯德通过副驾驶座那边摇下的窗户向她招招手。她看见他手上的银镯子在阳光下闪烁。他衬衫的头两个扣子开着。

他驶进小巷，一直开下去，弗朗西丝卡不断地擦眼睛，使劲看，阳光映着她的泪水照出各种奇怪的折光。她像他们相会的第一天晚上那样急忙跑到小巷口看那老卡车颠着向前驶去，卡车驶到小巷终端停了下来，驾驶室的门弹开了，他出来踩在踏板上。他看见她在一百码之外，人因距离而变小了。

他站在那里凝视着，听凭哈里不耐烦地在热浪中转动。两人谁也不移步，他们已经告别过了。他们只是相对而视，一个是艾奥瓦农夫之妻，一个是物种演变终端的生命，是最后的牛仔之一。他在那里站了三十秒钟,那双摄影师的眼睛没有漏过任何细节,制作出了他永不丢失的影像。

他关上了门,发动引擎,在他向左转到通往温特塞特的路上时又哭了。就在农场西北边的一片树林挡住他的视线之前,他又向后望去,望见她交叉着双腿坐在小巷口的尘土里,头埋在双手中。

理查德和孩子们当晚薄暮时分回到家里,带回了博览会上的逸闻和那小牛被卖到屠宰场之前获奖得的一条缎带。卡罗琳马上抓住电话不放。那是星期五,迈克尔立即开着小卡车到城里去做十七岁的男孩子们通常在星期五晚上做的事。多半是在广场游荡、聊天,或者向驶过的汽车里的姑娘们喊叫。理查德打开电视机,告诉弗朗西丝卡玉米面饼做得真好吃,他涂上黄油和枫糖浆吃了一块。

她坐在前廊的秋千上。十点钟时理查德看完他的节目之后走了出来,伸个懒腰说:"真的,还是回家好。"然后看着她,说:"你没事吧,弗兰妮?你好像有点累,或者有点精神恍惚,还是怎么的?"

"我挺好,理查德。你们平平安安回来就好。"

"是啊，我要进去了，在博览会的这一个礼拜过得够长的，我真累坏了。你来吗，弗兰妮？"

"我再待一会儿。外面挺舒服，所以我想再坐一会儿。"她其实很累了，但是她害怕理查德心里想着性生活，而她今夜应付不了。

她听见他在他们的卧室里绕圈子走，就在她坐着的前后摇晃的秋千上方。她两只赤脚踩在游廊地上，听得卡罗琳收音机的声音从屋后传出。

以后的几天里，她避免进城，心里一直很清楚罗伯特·金凯德就在几英里之外。说实在的，如果她见到他就很难管住自己。她很有可能会跑到他身边说："现在我们一定得走！"她曾经不顾风险跑到杉树桥去会他，但是现在再见他要冒的风险太大了。

星期二，家里的蔬菜快吃完了，理查德需要买一个他正在修复的玉米收割机的零件。天很阴沉，霪雨，薄雾，还没出八月，天凉了一点儿。

理查德买到了他的零件，和别的男人在咖啡馆喝咖啡，她趁这个时候到副食店采购。他知道她的日程，在她完事时在"特价"店门前等她，见到她就跳了出来，戴着他的阿利斯-查默斯鸭舌帽，帮着她把各种袋子放进福特牌小卡车里,放在座位上,围着她的膝盖,而她却想到了三脚架和背包。

"我还得赶快到工具店去一趟,还有一样零件我忘了买,可能要用的。"

他们在一百六十九号国道上往北驶,那是温特塞特的主要道路。在德士古加油站一街之遥的地方她看见哈里正从油泵驶开去,雨刷来回刮着,正驶向他们前头的道路。

他们的车速使他们紧跟在那辆旧卡车后面。她坐在福特车里高高的座位上可以看见前面车子里一块黑色防雨布包得紧紧的,勾画出一个衣箱和一只吉他琴匣的轮廓,紧挨一个未充气的备用车胎,后窗溅满了雨,但是还可以看见他半个脑袋。他弯下身去好像要在杂物箱里取些什么。八天前他也做过同样的动作,他的胳膊擦过她的腿。而就在一星期前,她曾到得梅因去买了一件粉色连衣裙。

"那辆卡车离家可够远的,"理查德说,"华盛顿州。好像是个女人在开车。长着长发。对了,我敢肯定那是他们在咖啡馆里谈论的那个摄影师。"

他们跟着罗伯特·金凯德向北行,过了好几条街，到一百六十九号国道与东西行的九十二号公路交叉处。那是四向道路的中心点，密集的车辆向着各个方向交叉而行，由于雨和雾更增加了困难。雨更大，雾更浓了。

他们大概停了二十秒钟。他就在前头，离她只有三十英尺。她还可能做这件事：跳出车去跑到哈里的右门边，爬进去，抓过那背包、冷藏箱和三脚架。

自从罗伯特·金凯德上星期五从她身边离去后，她才意识到，不管原来自以为对他多么一往情深，她还是大大低估了自己的感情。这看来似乎不可能，但是真的。她开始理解他早已理解的事情。

但是，她还是端坐不动，她的责任把她冻结在那里，眼睛死死地盯着那扇后窗，她一生中从来没有这样死盯着任何东西看过。他的左车灯亮了，再一瞬间他就从此一去不复返了，理查德在摆弄这辆福特车里的收音机。

她开始看到慢镜头，是脑子里一种奇特的作用……慢慢地……慢慢地他把哈里开到道路交叉处——她可以想见他的两条长腿，踩着油门和离合器，想见他右臂上的肌肉在换挡时屈伸的景象——

现在向左转弯到九十二号公路向布拉夫斯会议厅开
去,向布莱克丘陵开去,向西北⋯⋯慢慢地⋯⋯慢慢
地⋯⋯那辆旧卡车转过弯来,它慢慢地穿过交叉路
口向西驶去。

她双眼被泪水、雨水、雾气模糊了,几乎认不出车
门上几个褪了色的红漆字:"金凯德摄影,华盛顿,贝
灵汉。"

他拐弯时为看清楚一点,把车窗摇下。他已经完
成转弯了,她可以看见他在九十二号公路上开始加速
时头发随风飘起。他向西驶去,边开车边摇上窗户。

"哦,基督——哦,耶稣基督,全能的上帝⋯⋯
别!"这些话都是她在肚子里说的,"我错了,罗伯特,
我不该留下⋯⋯可是我不能走⋯⋯让我再告诉你一
遍⋯⋯为什么我不能走⋯⋯你再告诉我一遍,为什么
我应该走。"

她听见他的声音从大路上传来。"在一个混沌不
清的宇宙中,这样明确的事只能出现一次,不论你活
几生几世,以后永不会再现。"

理查德把车开过交叉路口向北驶去。她望着哈
里的红色尾灯在雨和雾中消失,心中搜寻着他的一瞬

间的面孔。那辆旧雪佛兰小卡车在一辆巨大的拖车旁边显得很小,那拖车咆哮着驶向温特塞特,溅起一阵水珠从那最后的牛仔头上洒过。

"再见,罗伯特·金凯德。"她轻轻说道,然后公然地哭了。

理查德别过头来看她。"怎么啦,弗兰妮? 求求你告诉我你到底怎么了,好不好?"

"理查德,我只需要自己待一会儿,过几分钟就会好的。"

理查德把收音机转到畜情报告节目,转过来看看她,摇摇头。

灰　烬

夜幕降临麦迪逊县。那是一九八七年，她六十七岁生日，弗朗西丝卡已经在床上躺了两个小时了。二十二年前一切的一切她都还看得见，摸得着，闻得到。

她回想过，又再次回想。在艾奥瓦九十二号公路上，在雨和雾中向西驶去的红色尾灯把她定住了二十多年。她摸自己的乳房，还能感受到他的胸肌滑过那里。天哪，她多么爱他。那时她爱他，超过她原以为可能的程度，现在她更加爱他了。为了他，她什么都愿意做，除了毁掉她的家庭，甚或可能连他也毁掉。

她下楼坐到厨房那张黄色塑料贴面的旧餐桌边。理查德曾买过一张新桌子，坚持非买不可。不过她也要求把那张旧桌子留下来放到机器棚里,在挪走之前她仔细用塑料薄膜包好。

"我真不知道你为什么这么舍不得这张旧桌子。"他一边帮她搬,一边埋怨。理查德死后,迈克尔帮她把这张桌子又抬进屋子,从来没有问过她为什么要拿这张旧桌子换那新的。他只是用发问的眼光看着她,她没吭声。

现在她坐在桌旁。然后走到柜子边,从里面拿出两支白蜡烛和一对小铜烛台。她点上蜡烛打开收音机,慢慢地调频道,找到播放的轻柔音乐。

她在洗涤池旁站了良久,头微微朝上,看着他的脸,轻声说:"我记得你,罗伯特·金凯德。也许高原沙漠之王的话是对的,也许你是最后一个,也许眼下那些牛仔们都已濒临灭绝。"

理查德死之前,她从来没有设法给金凯德打过电话或者写过信,尽管多少年来她每天都在刀刃边缘上权衡。如果她再跟他谈一次话,自己就会去找他。如果她给他写信,他就会来找她。事情就在这刹那之际。这些年来,他给她寄过一包照片和那篇文章之后就再也没有来过信。她知道他理解她的感情,也理解他可能给她带来的生活中的麻烦。

从一九六五年九月起她订了《国家地理》。关于廊桥的文章是第二年刊出的,有暖色的晨光中罗斯曼桥的照片,就是他发现她的纸条的那天早晨照的。封面是他照的那一群马拉车走向猪背桥的照片,配图的文章也是他写的。

杂志背面常有介绍作者和摄影师的特写,有时还登他们的照片。他间或也出现在其中。还是那银色长发、手镯、牛仔裤或卡其布裤,相机从肩上挂下来,胳膊上青筋可见。在非洲卡拉哈里沙漠中,在印度斋浦尔的大墙上,在危地马拉的独木船上,在加拿大北部。大路和牛仔。

她把这些都剪下来,连同刊登廊桥的那期、他的文章、两张照片,还有他的信,都放进一个牛皮纸信封中。她把信封放在梳妆台抽屉的内衣下面,这是理查德绝不会看的地方。她像一个远方的观察者年复一年跟踪观察罗伯特·金凯德,眼看他渐渐老起来。

那笑容宛在,就是那修长、肌肉结实的身材也依然如故。但是她看得出他眼角的纹路,那健壮的双肩微微前俯,脸颊逐渐陷进去。她能看得出来,她曾经仔细研究过他的身体，比她一生中对任何事物都仔细，比对自己的身体还仔细。他逐渐变老反而使她更加强烈地渴望要他，假如可能的话，她猜想——不，她确知——他是单身。事实的确如此。

在烛光中，她在餐桌上仔细看那些剪页。他从遥远的地方看着她。她从一九六七年的一期中找出一张特殊的照片。他在东非的一条河边正对摄像机，而且是近镜头，蹲在那里好像正准备拍摄什么。

她多年前第一次见到这张照片时还看得出他脖子上的银项链上系着一个小小的圆牌。迈克尔离家上大学去了，当理查德和卡罗琳去睡觉之后，她把迈克尔少年时集邮用的高倍放大镜拿出来放到照片上。

"天哪！"她倒吸一口气，圆牌上的字是"弗朗西丝卡"。这是他一个小小的不谨慎，她笑着原谅了他。以后所有他的照片上都有这个小圆牌挂在银项链上。

一九七五年之后她再也没在杂志上看见过他。他的署名也不见了。她每·期都找遍了，可是找不到。他那年该是六十二岁。

理查德一九七九年去世，葬礼完毕，孩子们都各自回到自己家里以后，她想起给罗伯特·金凯德打电话。他应该是六十六岁,她五十九岁。尽管已经失去了十四年,但还来得及。她集中思考了一星期,最后从他的信头上找到电话号码,拨了号。

电话铃响时她心脏几乎停止跳动。她听到有人拿起话筒,差点儿又把电话挂上。一个女人的声音说:"麦格雷戈保险公司。"弗朗西丝卡心沉下去了,不过还能恢复得过来问那女秘书她拨的号码对不对。就是这个号码。她谢谢她,挂了电话。

下一步,她试着打华盛顿贝灵汉的电话问讯处。登记名单上没有。她试打西雅图,也没有。然后是贝灵汉和西雅图的商会办公室。她请他们查一查本市指南,他们查了,也没这个人。她想他哪儿都可能去的。

她想起杂志来,他曾说过可以通过那里打听。接待员很有礼貌,但是个新人,得找另外一个人来处理她的请求。弗朗西丝卡的电话转了三次才跟一位在杂志社工作过二十年的副主编通上话。她问罗伯特·金凯德的下落。

那编辑当然记得他。"要找到他在哪里吗,嗯?他真是个该死的摄影师,请原谅我的语言。他的脾气可不好,不是坏的意思,就是非常固执,他追求为艺术而艺术,这不大合我们读者的口味,我们的读者要好看的、显示摄影技巧的照片,但是不要太野的。

"我们常说金凯德有点怪,在他为我们做的工作之外,没有人熟悉他。但是他是好样的。我们可以把他派到任何地方,他一定出活儿,尽管多数情况下他都不同意我们的编辑决策。至于他的下落,我一边讲话一边在翻他的档案。他于一九七五年离开我们杂志,地址电话是……"他念的内容和弗朗西丝卡已经知道的一样。在此之后,她停止了搜寻,主要是害怕可能发现的情况。

她听其自然,允许自己越来越多地想罗伯特·金凯德。她还能好好开车,每年有几次到得梅因去,在他曾带她去的那家饭店吃午餐。有一次,她买回来一个皮面白纸本,于是开始用整齐的手写体在这些白纸上记下她同他恋爱的详情和对他的思念。一共写了三大本,她才感到完成任务。

温特塞特在前进。有一个活跃的艺术协会,成员多数是女性,要重新装修那些桥的议论也进行了几年了。有些有趣的年轻人在山上盖房子。风气有所开放,长头发不再惹人注目了,不过男人穿凉鞋的还是少见,诗人也很少。

除了几个女友外,她完全退出了社交。人们谈到了这一点,而且还谈到常看见她站在罗斯曼桥边,有时在杉树桥边。他们常说人老了往往变得古怪,也就满足于这一解释。

一九八二年二月二日,有一辆联合包裹运输公司的卡车驶进她的车道。她并没有邮购什么东西,感到惑然不解。她签过收条,看邮包上的地址:"艾奥瓦,温特塞特,50273,乡邮投递2号线,弗朗西丝卡·约翰逊。"寄信人地址是西雅图一家律师事务所。

邮包包得很整齐,并加了额外保险。她把它放在厨房桌子上,小心地打开。里面有三个盒子,安全地包在泡沫塑料之中。一个盒子顶端用胶条粘着一个小小的软信封,另一个盒子上有一封公文信,收信人是她,寄信人是一家律师事务所。

她扯掉胶条,颤抖着打开那封公文信。

1982年1月25日

弗朗西丝卡·约翰逊女士

艾奥瓦,温特塞特,50273

乡邮投递2号线

亲爱的约翰逊女士：

　　我们是一位最近去世的罗伯特·L.金凯德先生的财产代理人……

　　弗朗西丝卡把信放在桌上。外面风雪扫过冬天的原野，她眼望着它扫过残梗，带走玉米壳，堆在栅栏的角落里。她再读一遍那几行字：

　　我们是一位最近去世的罗伯特·L.金凯德先生的财产代理人……

　　"哦，罗伯特……罗伯特……不。"她轻声说着，低下了头。

　　一小时之后她才能继续读下去。那直截了当的法律语言，那准确的用词使她愤怒。

　　"我们是……代理人"

一名律师执行一个委托人的委托。

可是那力量,那骑着彗星尾巴来到这世上的豹子,那个在炎热的八月里的一天寻找罗斯曼桥的萨满人,还有那个站在名叫哈里的卡车踏板上回头望着她在一个艾奥瓦农场的小巷的尘土中逝去的人,他在哪里呢?在这些词句中能找到吗?

这封信应该有一千页之长,应该讲物种演变的终点和自由天地的丧失,讲牛仔们在栅栏网的角落里挣扎,像冬天的玉米壳。

他留下的唯一遗嘱日期是一九六七年七月八日。他明确指示把这些物件寄给您。如果找不到您,就予销毁。

在标明"信件"的盒子里有他于一九七八年留下的给您的信。信是由他封口的,至今未打开过。

金凯德先生的遗体已火化,根据本人遗愿,不留任何标记。他的骨灰也根据本人遗愿撒在您家附近,据我所知该地称作罗斯曼桥,已由我事务所一职员执行。

如有可效劳之处,请随时与我们联系。

律师:艾伦·B.奎本谨启

一九八二年一月二十五日

她喘过气来,擦干了眼泪,开始审视盒子里的东西。

她知道那小小的软信封里是什么,她确知无疑,就像她确知春天今年一定会再来一样。她小心打开信封,伸进手去,掏出来的是那银项链,上面系着的圆牌子上刻着"弗朗西丝卡",背面用蚀刻刻出小得不能再小的字:"如捡到,请寄往美国艾奥瓦州温特塞特乡邮投递2号线,弗朗西丝卡·约翰逊收。"

信封下面还有他的银手镯,包在餐巾纸里。有一张纸条和手镯包在一起,那是她的笔迹:

"当白蛾子张开翅膀时",如果你还想吃晚饭,今晚你事毕之后可以过来,什么时候都行。

这是她钉在罗斯曼桥上的纸条。他连这也留下做纪念了。

然后她想起来，这是他唯一拥有的她的东西，是证明她存在的唯一见证，此外就只有逐渐老化的胶片上日益模糊的她的影像了。这罗斯曼桥上的小条上面有斑点，有折痕，好像在皮夹里放了很久。

她寻思，这些年来在远离中央河边的丘陵地带的地方，他不知拿出来读过多少次。她可以想象，他在一架直达喷气式飞机上就着微弱的小阅读灯，面前放着这张纸条；在虎乡的竹篷里用手电照着读这张纸条；在贝灵汉的雨夜读过之后折起来放在一边，然后看照片：一个女人在夏天的早晨倚在一根篱笆桩上，或是在落日中从廊桥走出来。

三个盒子每个都装着一台相机带一个镜头，都已饱经风雨侵蚀，带着伤痕。她把其中一台转过来，在取景器上有"尼康"字样，商标的左上角有一个"F"，这是她在杉树桥递给他的那架相机。

最后，她打开他的信，是他亲笔写在他的专用信纸上的，日期是一九七八年八月十六日。

亲爱的弗朗西丝卡：

希望你一切都好。我不知道你何时能收到此信，总之是在我去世以后。我现已六十五岁，我们相逢在十三年前的今日，当我进入你的小巷问路之时。

我把宝压在这个包裹不会扰乱你的生活上。我实在无法忍受让这些相机躺在相机店的二手货橱窗里，或是转入陌生人之手。等它们到你手里时已是相当破旧了，可是我没有别人可以留交，只好寄给你，让你冒风险，很抱歉。

从一九六五年到一九七五年我几乎常年是在旅途中。我接受所有我谋求得到的海外派遣，只是为了抵挡给你打电话或来找你的诱惑，而事实上只要我醒着，生活中每时每刻都存在这种诱惑。多少次，我对自己说："去它的吧，我这就去艾奥瓦温特塞特，不惜一切代价要把弗朗西丝卡带走。"

可是我记得你的话，我尊重你的感情。也许你是对的，我不知道。我只知道在那个炎热的星期五早晨从你的小巷开车出来是我一生中做过的最艰难的事，以后也绝不会再有。事实上我怀疑是否有男人曾做过这样艰难的事。

我于一九七五年离开《国家地理》，以后的摄影生涯就致力于拍摄我自己挑选的对象，有机会时就在当地或者本地区找点事做，一次只外出几天。经济比较困难，不过还过得去，我总是过得去的。

我的许多作品都是围绕着皮吉特海湾。我喜欢这样。似乎人老了就转向水。

对了，我现在有一条狗，一条金色的猎狗。我叫它"大路"，它大多数时间都伴我旅行，脑袋伸到窗外，寻找好镜头。

一九七二年我在缅因州阿卡迪亚国家公园的一座峭壁上摔了下来，跌断了踝骨，项链和圆牌一起给跌断了，幸亏是落在近处，我又找到了，请一位珠宝商修复了项链。

我心已蒙上灰尘。我想不出来更恰当的说法。在你之前有过几个女人，在你之后一个也没有，我并没有发誓要保持独身，只是不感兴趣。

我有一次观察过一只黑额黑雁，它的伴侣被猎人杀死了。你知道这种大雁对伴侣是从一而终的。那雄雁成天在池塘里转，日复一日。我最后一次看见它，它正游过一片野生稻，还在寻觅。这一比喻太浅露了，不够文学味儿，可这大致就是我的感受。

在雾蒙蒙的早晨，或是午后太阳在西北方水面上跳动时,我常试图想象你在哪里,在做什么。没什么复杂的事——不外乎到你的园子里去,坐在前廊的秋千上,站在你厨房洗涤池前之类的事。

我样样都记得:你的气息,你夏天一般的味道,你紧贴我身上的皮肤的手感,还有在我爱着你时你说悄悄话的声音。

罗伯特·潘·华伦用过一句话:"一个似乎为上帝所遗弃的世界。"说得好,很接近我有时的感觉。但我不能总是这样生活。当这些感觉太强烈时,我就给哈里装车,与大路共处几天。

我不喜欢自哀自怜。我不是这种人。而且大多数时候我不是这种感觉。相反,我有感激之情,因为我至少找到了你。我们本来也可能像一闪而过的两粒宇宙尘埃一样失之交臂。

上帝,或是宇宙,或是不管叫它什么,总之那平衡与秩序的大系统是不承认地球上的时间的。对宇宙来说,四天与四兆光年没有什么区别。我努力记住这一点。

但是我毕竟是一个男人。所有我能记起的一切哲学推理都不能阻止我要你,每天,每时,每刻,在我头脑深处是时光无情的悲号,那永不能与你相聚的时光。

我爱你,深深地,全身心地爱你,直到永远。

最后的牛仔:罗伯特

又及:我去年夏天给哈里装了一个新引擎,它现在

挺好。

包裹是五年前收到的。翻看里面的东西已成为她每年的生日仪式。她把相机、手镯和带圆牌的项链放在壁柜里一个特制的匣子中。匣子是当地一个木匠根据她的设计做的,胡桃木加防尘封口,里面用软垫隔开。木匠说:"这匣子真考究。"她只是笑笑。

最后一道仪式是读文稿,她总是在一天结束时在烛光下读。她从起居间拿来这份文稿,小心地把它铺在黄色塑料贴面桌上的蜡烛旁,挨近烛光,点上她一年一支的骆驼牌香烟,啜一口白兰地,然后开始读。

从零度空间坠落

罗伯特·金凯德

对有些古老的风我至今不解,虽然我一直是,而且似乎永远是乘着这些风卷曲的脊梁而行。我徜徉在零度空间,世界

在别处另一种物体中与我平行运行。我看世界就像两手插在裤袋里弯身向商店橱窗里张望一样。

在零度空间中常有奇异的时刻。一条漫长的大路从马格达莱纳以西蜿蜒绕过多雨的新墨西哥，变成了人行小路，然后又变成野兽踩出来的羊肠小道。我车窗的雨刷一刮，羊肠小道变成了人兽都从未到过的洪荒森林。雨刷一刮又一刮，不断退向远古，这下到了大冰川，我乱发缠头，身披兽衣，手拿长矛在低矮的杂草中行进，身体精瘦，坚硬如冰，浑身肌肉，黠慧莫测。过了冰川，再逆物种演变的步骤继续后退，我在深盐水中游泳，长着鳃，浑身是鳞。再往后退，我就什么也看不见了。只见浮游生物之外是"零"这个数字。

欧几里得不一定永远正确。他假定平行线一直到头都是平行的。但是非欧几里得式的存在也是可能的。两条平行线在遥远的某处相遇。那就是(透视画中的)无影点，幻觉中的会聚。

但是我知道，并非仅仅是幻觉而已。有时会合是可能的——一种现实溢入另一种现实。那是轻柔的互相缠绕，而不是这个精确的世界上整齐的交织，没有穿梭声，只是……呵气。对了，就是这声音，也是这感觉，呵气。

于是我在这六合之外的现实之上，之旁，之下以及周围，缓缓运行，总是强壮有力，同时也不断献出我自己。而那另一个觉察到了，于是带着它自己的力量迎上来，同样把自己献给我。

在这呵气之中的某个地方有乐声飘飘，那奇异的、盘旋上升的舞蹈开始了，踏着自己特有的节拍，把那个乱发缠头手拿长矛的冰纪人炼化。缓缓地，在总是柔板的柔和的乐声中，那冰纪人坠落下来，从零度空间坠落下来……落到她的体内。

弗朗西丝卡六十七岁生日这一天结束时雨已停止，她把牛皮纸信封放回卷盖式书桌最下面的抽屉中。理查德去世后她决定把这包东西放进她银行的保险箱里，不过每年此时拿回来几天。她盖上胡桃木匣子的盖子，把相机关在里面。匣子放进她卧室壁柜的架子上。

下午早些时候她曾去过罗斯曼桥。现在她走到游廊，用毛巾擦干秋千，坐在上面，这里很凉，但是她要待几分钟，每次都是这样。她走到庭院门口站着，然后走到小巷口。事隔二十二年之后她仍然看见他在近黄昏的午后走出卡车来问路，她还能看见哈里颠簸着驶向乡间公路然后停下——罗伯特·金凯德站在踏板上，回头望着小巷。

弗朗西丝卡的信

　　弗朗西丝卡·约翰逊一九八九年一月去世，终年六十九岁，那年罗伯特·金凯德如活着，应是七十六岁。登记的死因是"自然死亡"。医生对迈克尔和卡罗琳说："她就这么死了。事实上我们有点不明白。我们找不出死亡的具体原因。一个邻居发现她趴倒在厨房的餐桌上。"

　　她在一九八二年的一封给律师的信中要求死后把遗体火化，骨灰撒在罗斯曼桥。火葬在麦迪逊县是一件不寻常的事——多少被看作激进行为——因此她这一遗愿引起了咖啡馆和德士古加油站还有执行人的不少议论。撒骨灰一事没有公开进行。

　　追悼会过后，迈克尔和卡罗琳缓缓驱车到罗斯曼桥，执行弗朗西丝卡的遗嘱。虽然这座桥离家很近，但与约翰逊一家从来没有什么特殊关联。他们两人一再感到奇怪，为什么他们平时很通情达理的母亲会出此莫名其妙的行动，为什么她不依惯例要求葬在他们父亲的墓旁。

在这以后，迈克尔和卡罗琳开始了清理房子的漫长过程，并且在当地律师从财产角度审查放行后，从银行把保险箱取了出来。

他们把保险箱内的东西分门别类，开始一一过目。那牛皮纸信封是在卡罗琳的一摞东西中，不过压在下面大约三分之一处。她迷惑不解地打开，拿出里面的东西。她读了罗伯特·金凯德一九六五年给弗朗西丝卡的信，之后又读了他一九七八年的信，然后是西雅图的律师一九八二年的信。最后她仔细看了杂志剪页。

"迈克尔。"

他听出她声音中惊奇夹着沉思，立即抬起头来。"怎么回事？"

卡罗琳眼里含着泪，声音有点发抖。"母亲爱上了一个叫罗伯特·金凯德的人，他是一名摄影师。你还记得我们都看过的那期《国家地理》吗？就是上面有关于那几座桥的报道的那一期。这个人就是到这儿拍摄那些桥的。还有,你记得当时所有的孩子都在议论那个背着相机、怪里怪气的陌生人吗? 那就是他。"

迈克尔坐在她对面,领带解开,敞开领子。"再说一遍,说慢一点儿,我没法相信我听对了。"

读完信之后,迈克尔搜寻了楼下的壁柜,然后上楼到弗朗西丝卡的卧室里。他从来没有注意到那个胡桃木匣子,把它打开拿到楼下放在厨房桌上。"卡罗琳,这是他的相机。"

匣子里一头塞着一个封好的信封,上面写着"卡罗琳或迈克尔",是弗朗西丝卡的笔迹。在相机之间是三本皮面笔记本。

"这信的内容我不敢肯定我能读得下去,"迈克尔说,"你如果能行的话,念给我听吧。"

卡罗琳打开信封,出声念着:

亲爱的卡罗琳和迈克尔:

虽然我现在还感觉良好,但是我觉得这是我安排后事的时候了(如人们常说的那样)。有一件事,一件非常重要的事你们应该知道。因此我才写这封信。

我可以肯定，你们翻看了保险箱，发现了那个一九六五年寄给我的牛皮纸信封后最终一定会找到这封信。如果可能的话，请坐在厨房的餐桌旁读这封信。你们不久就会理解这一请求。

要给我的孩子们写信讲这件事，对我是极为艰难的，但是我必须这样做。这里面有着这么强烈、这么美的东西，我不能让它们随我逝去。而且，如果你们想要全面了解你们的母亲，包括一切好的坏的方面，那么你们就必须知道这件事。现在，我要开始说了，打起精神来。

正如你们已经发现的，他名叫罗伯特·金凯德。他中间名字的缩写是"L"，但是我从来不知道那"L"代表什么。他是一名摄影师，一九六五年曾来这里拍摄廊桥。

你们应当记得，当那些图片出现在《国家地理》杂志上时，这里如何地满城争道。你们也可能还记得从那以后我就开始定期收到这杂志。现在你们知道我为什么突然对它感兴趣了。顺便说一句，他在拍杉树桥时我和他在一起(替他拿着一个相机背包)。

请你们理解，我一直平静地爱着你们的父亲。我过去知道，现在仍然知道是如此。他对我很好，给了我你们俩，这是我所珍爱的。不要忘记这一点。

但是罗伯特·金凯德是完全不同的，我毕生从来没有见到、听到或读到过像他这样的人。要你们完全了解他是不可能的。首先，你们不是我；其次你们非得跟他在一起待过，看他动作，听他谈关于物种演变的一个分支的尽头那些话才行。也许那些笔记本和杂志剪页能有所帮助，不过连这也不够。

从某种意义上说，他不属于这个地球。我能说得最清楚的就是这样了。我常常把他想成一个骑着彗星尾巴到来的豹子一般的生物。他的行动、他的身体都给人这个感觉。他能集极度激烈与温和善良于一身。他身上有一种模糊的悲剧意识。他觉得他在一个充满电脑、机器人和普遍组织化的世界上是不合时宜的。他把自己看作最后的牛仔之一，称自己为"老古董"。

我第一次见到他是他停在门口问去罗斯曼桥的方向。那时你们三人去参加伊利诺伊州博览会了。相信我，我决不是闲在那里没事找刺激，这种想法离我太远了。但是我看了他不到五秒钟就知道我要他，不过没有我后来真的达到的那个程度。

请你们不要把他想成一个到处占乡下姑娘便宜的浪荡汉。他绝不是那种人。相反,他有点腼腆。对于已发生的事我和他有同样的责任,事实上我这方面更多。手镯里那纸条是我钉在罗斯曼桥上的,为的是我们初次见面的第二天早晨他可以见到。除了他给我拍的照片外,这纸条是他这么多年来拥有的唯一证据,证明我确实存在而不仅仅是他的一个梦。

我知道孩子们往往倾向于把自己的父母看成无性别的,所以我希望以下的叙述不至于对你们打击太大,我当然希望不会破坏你们对我的记忆。

罗伯特和我在我们这间老厨房里一起度过了许多小时。我们聊天,并在烛光下跳舞。而且,是的,我们在那里做爱了,还在卧室里,在牧场草地里以及几乎任何你们可以想到的地方。那是一种不可思议的、强有力的、使人升华的做爱,它连续几天,几乎不停顿。在想他时我总是用"强有力"这个字眼。因为在我们相遇时他已经是这样。

他激烈时像一支箭。他对我做爱时我完全不由自主,不是软弱,这不是我的感觉,而是纯粹被他强大的感情和肉体的力量所征服。有一次我把这感觉悄声告诉他，他只是说："我是大路，是远游客，是所有下海的船。"

我后来查了词典。人们听到"远游客"这个词首先联想起的是游隼。但是也还有别的含义，他一定是知道的，其中之一是"异乡客，外国人"，另一个含义是"流浪，迁移"。这个词的拉丁词根意思是陌生人。现在我想起来他身兼所有这些特征：一个陌生人、广义的外国人、远游客，而且也像游隼一般。

孩子们，请你们理解，我是在试图表达本来不可言喻的事。我只希望有一天你们各自也能体验到我有过的经历，不过我想这不大可能。虽然我想在方今这个比较开明的时代说这话不大合乎时宜，但我的确认为一个女人不可能拥有像罗伯特·金凯德这种特殊的力量。所以，迈克尔，刚才说的不把你包括在内。至于对卡罗琳来说，恐怕坏消息是天底下这样的男人只有他一个，没有第二个。

如果不是因为你们俩和你们的父亲，我会立即跟他走遍天涯。他要我走，求我走，但是我不肯。他是一个非常敏感、非常为别人着想的人，从此以后没有来干扰过我们的生活。

事情就是这样矛盾：如果没有罗伯特·金凯德，我可能不一定能在农场待这么多年。在四天之内，他给了我一生，给了我整个宇宙，把我分散的部件合成了一个整体。我从来没有停止过想他，一刻也没有。即使他不在我意识中时，我仍然感觉到他在某个地方，他一直在那个地方。

但是这从来没有丝毫减少我对你们或你们父亲的感情。在只想到我自己一个人时，我不敢肯定我做出了正确的决定，但是把全家考虑在内时，我肯定我做对了。

不过我必须坦诚地告诉你们，从一开始，罗伯特就比我更了解我们两人是怎样天造地设的一对。我想我只是随着时间的推移才逐步理解这意义的。如果在他与我面对面时要求我跟他走那一刻我已真正了解这一点，我也许就会跟他去了。

罗伯特认为这世界已变得太理性化了，已经不像应该的那样相信魔力了。我常想，我在做出决定时是否太理性了。

我相信你们一定认为我对自己葬法的遗嘱不可理解，以为那是一个糊涂了的老太婆的主意。你们读了一九八二年西雅图的律师来信和我的笔记本之后就会理解我为什么提出这一要求。我把活的生命给了我的家庭，我把剩下的遗体给罗伯特·金凯德。

我想理查德知道我内心有他达不到的地方，有时我怀疑他是否发现了我放在梳妆台抽屉里的牛皮纸信封。在他弥留之际，在得梅因的一家医院里我坐在他身旁，他对我说了以下的话："弗朗西丝卡，我知道你也有过自己的梦，很抱歉我没能给你。"这是我们共同生活中最动人的时刻。

我不要你们有内疚，或者怜悯，或者任何这类感觉。这不是我的目的。我只要你们知道我多爱罗伯特·金凯德。我这么多年来每天都在对付这件事，他也是。

虽然我们没有再说过话，但是我们已紧密地结合在一起，世界上任何两人的关系能有多紧密我们就有多紧密。我找不出言辞来充分表达这一点。他告诉我的话表达得最好，他说我们原来各自的两个生命已不存在了，而是两人共同创造了第三个生命。我们两人都不是独立于那个生命之外的，而那个生命已被放出去到处游荡。

卡罗琳，还记得我们为了我壁柜里那件淡粉色连衣裙发生的那场激烈争吵吗？你看见了想穿。你说你从来没见我穿过，那么为什么不能改合适了让你穿。罗伯特和我第一夜做爱时我穿的就是那件衣服。我一辈子都没有像那天那么漂亮过。这件连衣裙是我对那段时光的小小的、痴痴的纪念。所以我以后从来没有再穿过，也拒绝给你穿。

罗伯特一九六五年离开这里以后，我意识到我对他的家庭背景知之甚少。不过我认为几乎对其他一切都已了解——也就是在那几天中值得注意的一切。他是独生子，父母双亡，他生于俄亥俄州一个小镇。

我连他上过大学没有，甚至上过中学没有也不清楚。但是他有一种质朴的、原始的，几乎是神秘的聪明智慧。对了，在第二次世界大战时他是随海军陆战队到南太平洋的战地摄影记者。

他结过婚，遇到我之前很久已经离了。没有孩子。他的前妻是搞音乐的，好像记得他说是个民歌手之类的，他外出摄影长期不在家的生活使婚姻难以维持。他把破裂的原因归罪于自己。

除此之外，据我所知罗伯特没有家。我要求你们把他看作我们的亲人，不论这一开始对你们有多困难。至少我有一个家，有与人共享的生活。罗伯特是孤身一人。这不公平，我当初就知道。

由于理查德，也由于人们爱讲闲话的习惯，我宁愿(至少我自以为是这样)这件事不传出我们约翰逊家之外。不过我还是交给你们来判断该如何处理。

在我这方面，我当然决不以同罗伯特·金凯德在一起为耻。恰恰相反。这些年来我一直爱着他爱得要命，虽然出于我自己的原因，我只有过一次设法同他联系。那是在你们的父亲去世之后，结果失败了。我担心他出了什么事，由于这种害怕，就没有再作尝试。我就是无法面对这样的现实。所以你们可以想象，当一九八二年这个包裹同律师的信一起来到时我是怎样的心情。

如我所说，我希望你们理解，别把我往坏里想。如果你们是爱我的，那么也该爱我做过的事。

罗伯特·金凯德教给了我身为女儿身是怎么回事，这种经历很少有女人，甚至没有任何一个女人体验过。他美好、热情，他肯定值得你们尊敬，也许也值得你们爱。我希望这二者你们都能给他。他以他特有的方式,通过我,对你们很好。

望好自为之,我的孩子们。

母字

一九八七年一月七日

厨房里寂静无声。迈克尔深深吸了一口气,望着窗外。卡罗琳环顾四周,看着洗涤池、地板、桌子和每一件东西。

当她开口说话时,她的声音轻得几乎像耳语:"哦,迈克尔,想想他们两人这么多年来这样死去活来地互相渴望。她为了我们和爸爸放弃了他,而他为了尊重她对我们的感情远远离去。迈克尔,我想到这,简直没法处之泰然。我们这样随便对待我们的婚姻,而这样一场非凡的恋爱却是因我们而得到这么一个结局。

"他们在漫长的一生中只在一起度过了四天,只有四天。就是在我们去参加那可笑的伊利诺伊州博览会的时候。你看妈妈这张照片,我从来没有见过她这样子。她真美。这不是照相的美,而是由于他为她做的一切。你看她,放荡不羁,自由自在,她的头发随风飘起,她的脸生动活泼,真是美妙极了。"

"天哪。"迈克尔只说得出这两个字,他用厨房的手巾擦前额,在卡罗琳没看着的时候轻轻擦了擦眼睛。

卡罗琳又说:"显然这些年来他没有跟她联系过。他死时一定是孤身一人,所以才让人把相机寄给她。

"我记得我跟妈妈为了那件粉色连衣裙吵架的事,接连好几天,我嘀嘀咕咕闹着要,并且问为什么不行。后来我拒绝跟她说话。她只说一句:'不,卡罗琳,这件不行。'"

迈克尔想起他们现在坐的这张旧桌子,就因为这,弗朗西丝卡才在他们父亲死后要他搬进厨房来。

卡罗琳打开那软包装的小信封。"这是他的手镯、银项链和那小圆牌。这是母亲在信里提到的那张纸条,就是她钉在罗斯曼桥上的那张。所以他寄来的这座桥的照片上看得出来桥上钉着纸条。

"迈克尔,我们该怎么办? 你考虑一下,我一会儿就回来。"

她跑到楼上去,几分钟后拿着那件粉色连衣裙回来了。那衣服叠得好好的包在塑料纸里。她把它抖搂开,举起来给迈克尔看。

"想象一下,她穿着这件衣服在这厨房里跟他跳舞。想一想:我们大家在这里度过了多少时光,她在为我们做饭,坐在这里同我们谈我们的问题——讨论到哪里去上大学,谈维持成功的婚姻有多困难的时候,必定时时刻刻看到什么样的形象。天哪,我们跟她相比多么天真,多么不成熟!"

迈克尔点点头,走到洗涤池上面的碗柜旁。"你想母亲会留下什么喝的吗? 我可真想喝。回答你的问题:我不知道我们该怎么办。"

他在碗柜里掏来掏去,找到一瓶白兰地,几乎空了。"还够两杯,卡罗琳,要一杯吗?"

"好。"

迈克尔从柜子里拿出仅有的两个白兰地杯子放在黄色塑料贴面的餐桌上。他倒空了弗朗西丝卡最后一瓶白兰地,而卡罗琳开始默默地读第一本笔记本。"罗伯特·金凯德于一九六五年八月十六日一个星期一来到这里。他正设法找罗斯曼桥。那是下午近黄昏时分,天很热,他开着一辆小型卡车,他给它取名叫哈里……"

后记：塔科马的夜鹰

我写罗伯特·金凯德和弗朗西丝卡·约翰逊的故事的过程中，对金凯德越来越感兴趣，觉得我们对他和他的生平知道得太少了。在本书付印前几个星期我又飞往西雅图，试图再发掘一些关于他的尚未被发现的情况。

我有一个想法：既然他爱好音乐，本人又是个艺术家，那么在皮吉特海湾的音乐文艺圈中也许会有人认识他。《西雅图时报》的美术编辑帮了我的忙。虽然他不知道金凯德其人，但是他向我提供了该报纸一九七五年到一九八二年的有关部分，这是我最感兴趣的时期。

在翻阅一九八○年的报纸时我见到一张黑人爵士乐演奏者的照片，是一个名叫约翰·"夜鹰"·卡明斯的高音萨克斯管吹奏手。照片旁署名罗伯特·金凯德。当地音乐家协会给了我卡明斯的地址,并且告诉我他有好几年没有参加演出了。地址是塔科马一个工业区附近的一条岔道,紧挨着通向西雅图的五号公路。

　　我登门几次才碰到他在家。开头他对我的提问有点防范,不过我说服了他,使他相信我对罗伯特·金凯德的兴趣是严肃的、善意的。之后,他就亲切地敞开来谈了。他同我谈话时七十岁,我只是打开录音机让他告诉我有关罗伯特·金凯德的情况。以下是略加整理的他的谈话记录。

"夜鹰"·卡明斯谈话录

　　我那会儿住在西雅图,在肖蒂乐队干活儿,我需要一张好的黑白照片做广告。那个吹铜管儿的告诉我有个家伙住在那边儿一个岛上,照得不赖,他没有电话,我就给他寄了一张明信片。

　　他来了,可真是个怪里怪气的外乡老汉,穿着牛仔裤、靴子、橘黄色背带,拿出那老掉牙的破相机,看上去简直就不像还能开得动,我心想,呵呵! 他让我拿着我的吹管靠一堵浅色的墙待着,要我就这么吹,不停地吹。开头的三分钟那小子就站在那儿盯着我看,真是死盯着我看,那是你从来没见过的最冷冰冰的蓝眼睛。

　　过了一会儿他开始照相,然后他问我能不能吹《秋叶》,我吹了。我吹了大约有十分钟,他就在那儿不停地按快门，照了一张又一张，然后他说："好了，我照好了，明天就给你。"

第二天他把照片儿拿来了。我真给镇住了。我过去照过好些相。可这几张是最棒的，比以前所有的都好得多。他要了我五十元，我觉得挺便宜。他谢了我，走了。他往外走时问我在哪儿演奏，我说"肖蒂乐队"。

过了几个晚上之后，有一次我往观众席里望，瞅见他坐在旮旯里一张桌子边儿，听得绝对认真。从此他每礼拜来一次，总是在礼拜二，总是喝啤酒，不过喝得不多。

我有时候在休息时过去跟他聊几分钟。他挺安静，话不多，不过确实挺好处的。他总是有礼貌地问我可不可以吹一曲《秋叶》。

过了不久我们有点熟了。我喜欢到港口去看水，看船，发现他也是。后来熟到一块儿坐到长板凳上聊天，一聊就是一下午。也就是一对老家伙随便谈谈心，都觉得自己有点儿跟不上趟，有点儿过时了。

他常带着他的狗，挺好的狗，他管它叫"大路"。

他懂魔力，搞爵士音乐的也都懂魔力，也许正因为这个我们谈得来。你吹一个调子已经吹了几千次了，忽然有一套新的思想直接从你的号里吹出来，从来没有经过你头脑里的意识。他说照相，还有整个人生都是这样的。然后他又加一句："跟你爱的一个女人做爱也是这样。"

他那会儿正在干一件事，想把音乐转变成视觉形象。他跟我说："约翰，你知道你吹《老于世故的女士》这支曲子的第四节时差不多总是即兴重复的那调子吗？好了，我想我那天早晨把这拍成照片了。那天光线照在水上恰到好处，一只蓝色的苍鹭正好同时翻过我的取景器，我当时听到你吹那重复的调子，同时也真正看见了那曲调，于是按下快门。"

他把所有时间都花在这把音乐变成形象的工作上，简直着了迷。不知道他靠什么过日子。

他很少讲他自己的生活。我一直只知道他照相旅行过好多地方，再多就不太知道了。可是有一天我问起他脖子上挂的链子底下的那个小东西。凑近看可以看见那上头刻着"弗朗西丝卡"。我就问："这有什么特殊意义吗？"

他好一阵子没说话，光盯着水看，然后说："你有多少时间?"得,那天是礼拜一,是我的休息日,所以我说我有的是时间。

他讲开了,像是打开了水龙头,整整讲了一下午,一晚上。我觉得他把这事藏在心里已经很久很久了。

从来没提过那女的姓什么,也没说过这事发生在哪儿。可是,说真格的!罗伯特·金凯德讲她的时候真是个诗人。她一定是个人物,一位了不起的女士。他开头先引了他为她写的一篇文章,我记得题目好像是叫个什么"零度空间"。我记得我当时觉得这像奥奈特·柯尔曼的自由体即兴曲。

好家伙,他一边儿说一边儿哭。他大滴大滴眼泪往下落,老人才这么哭法儿,也就是萨克斯管才这么吹法儿。这以后我才明白他为什么老是要求我吹《秋叶》。于是,说真格的,我开始喜欢上这小子了。能对一个女人这么钟情的人自己也是值得人爱的。

我老是想着这件事儿,想着他跟那个女人共同拥有的那东西力量有多强大,想着他叫作"老方式"的东西。于是我对自己说:"我一定要把那力量、那段爱情演奏出来,让那'老方式'从我的管里吹出来,这里头有一种他妈的特别抒情的东西。"

于是我就写了这个曲子——花了我三个月时间。我要让它保持简单、优雅。复杂的玩意儿好弄。简单才难。我每天都在那上头花功夫，直到开始对头了，然后我又下点功夫把钢琴和低音提琴的功能谱写出来。最后有一天晚上我演奏了这个曲子。

那是礼拜二晚上，他跟往常一样，在听众席里头。反正那是一个不太热闹的晚上，可能一共有二十来个人，没人太注意我们乐队。

他静静地坐在那儿，像往常一样全神贯注地听，我透过麦克风说："我现在要吹一支我为一个朋友作的曲子，名叫《弗朗西丝卡》。"

我说这话时看着他。他正盯着他那瓶啤酒看，可是我一说出"弗朗西丝卡"，他就慢慢儿抬起头看着我，用两只手把他的灰色长发往后拢一拢，点起一支骆驼牌香烟，两只蓝眼睛直勾勾看着我。

我把那管号吹出从来没有过的声音，我让它为他们分离的那些年月，为他们相隔的那千万里路而哭泣。在第一小节有一句小主调，好像是在呼她的名字："弗朗……西丝……卡。"

我吹完之后，他笔直地站在桌边儿，笑着点点头，付了账，走了。以后每次他来我都奏这支曲子。他为报答我写那曲子，把一张古老的廊桥照片儿装好镜框送给我，现在就挂在那儿。他从来没告诉我他在哪儿照的，只是紧挨着他的签名底下写着"罗斯曼桥"。

可能是七八年前，有一个礼拜二晚上他没出现。下一个礼拜还没有。我想他可能病了还是出了什么事儿，开始担心起来，就到港口去打听。谁也不知道他。最后我找了一条船到他住的那个岛上去，那是在水边的一间旧屋子，说实在的就是个棚子。

我在那儿探头探脑的时候有个邻居过来问我干什么，我告诉了他，邻居说他十天以前就死了。说真格的，我听了以后心里可难过了，现在还难过。我非常喜欢他，这家伙就是有点不寻常，我觉得他知道好多我们大家都不知道的东西。

我向邻居打听那条狗，他不知道，说他也不认识金凯德。我就给动物收容所打电话，可不是，"大路"就在那儿。我到那儿把它领出来给了我的侄子。我最后一次看见它，它正跟那孩子亲热呢，我心里觉得挺舒坦。

总之，就是这么回事。我打听到金凯德的情况之后不久，我的左胳膊出了问题，只要吹二十分钟以上它就发麻，是一种脊椎病。所以我就不再工作了。

可是，说真格的，他跟那个女人的故事一直缠着我。所以每礼拜二晚上我都拿出我的号来吹我为他写的那支曲子，我就在这儿吹，完全自个儿吹。

不知怎么回事儿，我吹的时候总是瞅着他送给我的那张照片。有点儿什么特别的因缘，我说不上来，反正我吹那曲子的时候眼睛总是离不开那照片。

我就站在那儿，在天擦黑的时候，把这老号弄得呜呜哭，那是我在吹那曲调，为了一个叫罗伯特·金凯德的男人和他管她叫弗朗西丝卡的女人。

译后记：热潮退后话《廊桥》

在一个极其偶然的情况下应出版社之约翻译了《廊桥遗梦》（直译书名应为《麦迪逊县之桥》），不意这本小书一下子变成了热门畅销书，一时间大有"满城争道"之势。无心插柳却引起了"轰动效应"。现在热潮已退，却有一些由这本小书引发的想法想一吐为快。

我所见到的评论大多着眼于爱情与家庭以及与之有关的价值观。电影我始终没看过，据说更加强调爱情与家庭伦理这一面。似乎很少人注意到书中所表达的另一层思想，那就是对现代市场经济社会的逆反。（根据不可轻易言无的原则，我不敢肯定一定没有，因为我并未到处收集评论，看到的大多是热心朋友剪寄的。）男主人公罗伯特·金凯德就是这一逆反的化身。他的一切言论、行为都在竭力挣脱市场化了的世俗的枷锁，追求归真返璞。作者借金凯德之口有一段简练而精彩的关于市场扼杀艺术的讲话，里面有许多警句。他摄影时所追求的是反映他自己独特的精神、风格的东西，他要设法从形象中找到诗，但是这不合编辑的口味，因为编辑想到的是大多数读者，是市场。下面一段话十分精辟：

　　这就是通过一种艺术形式谋生所产生的问题。人总是跟市场打交道，而市场——大众市场——是按**平均口味**（重点是本文作者所加，下同）设计的。数字摆在那里，我想现实就是如此。但是正如我所说的，这可能变得非常束缚人。……

　　以后我准备写一篇题为《业余爱好的优点》的文章，专门写给那些想以艺术谋生的人看。**市场比任何东西都更能扼杀艺术的激情。**对很多人来说，那是一个以安全为重的世界。他们要安全，杂志和制造商给他们以安全，给他们以同一性，给他们以熟悉、舒适的东西，不要向他们提出异议。

　　利润、订数以及其他这类玩意儿统治着艺术。我们都被鞭子赶着进入那个千篇一律的大轮盘。

营销商总是把一种叫作"消费者"的东西挂在嘴上。这东西在我心目中的形象就是一个矮胖子，穿着皱巴巴的百慕大短裤，一件夏威夷衬衫，戴一顶挂着开酒瓶和罐头的起子的草帽，手里攥着大把钞票。

在另一处，金凯德提到了现代科技和高度组织化的社会使人在精神和肉体上都退化了。在"旧世界"里，人强壮而敏捷，敢作敢为，吃苦耐劳，勇敢无畏。而今电脑和机器人终将统治一切。人类操纵机器，但不需要勇气和力量，也不需要上述那些特质。"事实上，人已经过时了，无用了。"连性爱都可以用科学来代替。组织起来的社会、矫饰的感情、效率、效益等等使人失去自由驰骋的天地。更有甚者，人类通过破坏大自然和发明自相残杀的新武器正在毁灭自己。

我认为这是在那个爱情故事背后贯穿全书的思想。罗伯特·金凯德其人也是按这样一种理想塑造出来的。这种思想推向极致，就产生了《从零度空间坠落》这篇近乎荒诞派的文章，金凯德把自己想象成原始人，进而一直退化到生命起源之前。其实，艺术与谋生的矛盾、市场对艺术激情的扼杀，差不多已是共识，中外皆然。而且这种哀叹非自今日始，不过于今为烈。任何生活在现代的人只要打开收音机、电视机，或者到商场走一圈自然有体会。每当参观中外艺术博物馆时我都有这种想法：而今而后，人类还会创作出这么美、这么精致的艺术吗？主观上还有这个耐心，客观上还允许这样从容吗？

　　近两年我相继参观了两次新建的上海博物馆，那神妙的三千年前的青铜器使我的心灵战栗，而在玉器馆中我更进一步发现，真正产生震撼力的、美不可言的艺术都产生于商周时代！过去每见到这类古代文物总不免肃然起敬，惊叹我中华民族之早慧，但是没有那样突出地感到早期艺术之不同于后代。上海博物馆的精巧灯光和得法陈列，使观众能尽情地细细欣赏每一件陈列品，因而突出地觉察到时代的差异。在那里，处于二十世纪末的我特别为公元前数个世纪的艺术家（那时有这一称号吗？）那种永不可再的纯真、朴实而又充满想象力的艺术激情所震动。与方今由西方传入的那种故作粗拙以示返璞的风格不同，那种艺术在工艺上也是相当精致的。后世艺术家提倡师法造化，我想那时的人就生活于其中，与大自然浑然一体，那种本能的感受自非今人可比。汉以后，特别是东汉以后，渐趋雕琢、烦琐，离自然越来越远，清朝的叠床架屋和刻意雕琢就匠气十足了。这里的区别在于创作的动力是自发的还是为满足别人的需要，即使不是面向广大的市场也是为了取悦宫廷贵族。这里指手工艺品。至于书法绘画，一直到近古多半还是文人自娱之作，既不是为出售谋生，也不是为献给王侯，所以情况又有所不同。这里不是要讨论艺术史，我也没有这个资格。我要说的只是在上海博物馆，特别是在玉器馆的感受。这感受与《廊桥遗梦》中金凯德的议论和追求是一致的。我在另一篇文章中提到过，中国这样一部辉煌的文学史（不包括现当代）中的作品，特别是诗词部分，大多是读书人官场失意后的业余之作，而且绝不是出于卖文为生的需要，才见真性情。罗伯特·金凯德没有中国士大夫那样的条件，他为追求自己的创作自由，把生活降到贫困线以下，最后潦倒以终。在高度发达的市场经济中也只能如此。

　　另一个问题是科技高度发达是否会，或者已经造成人的异化和退化。一切用机器人、电脑来完成，人将不人：不但失去了个性、激情和艺术创造力，而且体魄弱化，智力也被扭曲，进而退化。可能有极少数的天才不断发明出各种代替人力、人脑的新玩意儿，而操作这些玩意儿所需要的智力却越来越简单、低下。"傻瓜"照相机的命名十分能说明问题。少数发明者的智慧也日益狭隘，在激烈的市场竞争中跟着一个大轮盘转，越转越快，身不由己：沿着命定的轨道不断发明创新本身就成了目的，对人类是祸是福或者来不及细想，或者细想下也无法控制。在这种情况下，古代先哲的"究天人之际，通古今之变"的深邃智慧和拥抱自然的博大胸怀还能再有吗？今世能出现比尔·盖茨，但还会产生苏格拉底、亚里士多德以及中国的先秦诸子吗？马克思所设想的共产主义社会是生产力和人的道德智慧都高度发达的社会，因此人只需要花很少的时间谋生，而有充分的自由和时间来从心所欲地从事艺术创造。也许目前这个阶段是人类通向那个美好境界所必经的。但愿在这个过程中人没有异化成非人，人类以及地球上其他族类的生存条件没有被人类自己破坏掉。当然这种杞人忧天不论是否有根据都是无能为力的。人类还是会争先恐后地不断发明征服自然和征服自己的手段,跟着那个大轮盘转,像《红舞鞋》里的舞人一样一直转下去,无法停下来。不论儿童是多么纯真可爱,童年是多么值得留恋,人总要长大乃至衰老,这是无法抗拒的。因此金凯德这样的典型只能是"正在消失的物种"。

书中的爱情故事如果单从弗朗西丝卡的角度看,不算新鲜:一个嫁到边远小镇、本性有点浪漫气质的少妇,生活平静而乏味,丈夫善良而不解风情。她因某种机遇被激发起了潜藏的激情,圆了少女时代的梦。这个故事与福楼拜的《包法利夫人》、辛克莱·路易斯的《大街》等等异曲同工。但是从罗伯特·金凯德的角度看,就有其独特之处了,是与上述的思路相一致的。那是一种摆脱一切世俗观念,还原到人的最初本性,纯而又纯,甚至带有原始野性的激情。天上人间只此一遭,如宇宙中两个粒子相撞,如果失之交臂,就亿万斯年永不再遇。作者调动了一切想象力塑造出这样一个"最后的牛仔",他与这高度组织化的市场社会格格不入,处处要反其道而行,包括对爱情。这样一种爱情注定是神龙见首不见尾的。即使撇开弗朗西丝卡的家庭责任感不谈,能够想象她跟金凯德私奔，然后两个人一起过日子乃至白头偕老吗？那金凯德还成其为金凯德吗？这就像林黛玉与贾宝玉终成眷属、子孙满堂一样无法想象。每个故事都有它自己的意境和规律，甚至不以作者的意志为转移。

我想如果这本小书有一定的魅力的话，就在于作者以独特的手法通过金凯德其人表达了对现代社会的逆反心理和追求归真返璞的情怀。

译者

一九九七年